KB114692

이영후 판타지 장편 소설

FANTASY FRONTIER SPIRIT

EL KARAS

엘카라스

엘 카라스 2

이영후 판타지 장편 소설

초판 1쇄 찍은 날 § 2014년 5월 22일
초판 1쇄 펴낸 날 § 2014년 5월 29일

지은이 § 이영후
펴낸이 § 서경석

편집부장 § 권태완
편집책임 § 이효남

펴낸곳 § 도서출판 청어람
등록번호 § 제387-1999-000006호
등록일자 § 1999. 5. 31
어람번호 § 제1-1859호

주소 § 경기도 부천시 원미구 부일로 483번길 40 서경B/D 3F (우) 420-822
전화 § 032-656-4452 팩스 § 032-656-4453
http://www.chungeoram.com
E-mail § chungeorambook@daum.net

이영후 판타지 장편 소설

FANTASY FRONTIER SPIRIT

EL KARAS

엘카라스

2

도서출판 청어람

CONTENTS

EL KARAS

엘카라스

1장

정령입문

눈이 보이지 않는다는 것은 사람에게 엄청난 두려움을 갖게 만든다.

어디에 부딪히지 않을까? 때로는 나로 인해서 누군가가 다치지 않을까 하는 걱정으로 움직이는 것처럼 힘들어진다.

드라켄에 의해서 시신경이 마비된 카라스는 앞날에 대한 두려움을 살짝 느끼고 있었다.

"몸은 좀 어떻더냐? 마비독이기에 움직이는 것이 편치는 않을 것인데."

피부에 뿌려진 드라켄의 독은 그렇게 독한 작용을 하지는 않았다. 눈은 직접 닿았기에 시신경에 타격을 입었지 다른 곳은 얼얼한 정도로 그쳤다.

그래도 얼굴 근육을 움직이는 것이 힘들 정도였으니 며칠은 더 지나야 할 듯싶었다.

"많이 좋아졌습니다, 스승님."

이제는 네일에게 스승이라 자연스럽게 불렀다.

카라스는 보지 못했지만 네일은 그 말에 인자한 미소를 입가에 지었다.

"몸은 불편해도 정령술에 대해서 배우는 것은 가능할 것이니 시작해 보는 것이 어떻겠느냐?"

"저는 좋습니다만… 스승님께서 힘드시지는 않으실런지요."

"허허허! 몸이 불편한 너만 하겠느냐. 괜찮으니 바로 시작해 보자꾸나."

네일이 시작하자는 말을 하자 카라스는 한 사람을 떠올렸다.

바로 옆에서 모든 수발을 들고 있는 여인, 장난식으로 남편이라고 부르기는 하지만 이제는 진짜 부인보다 더 헌신적으로 자신을 돌보고 있는 릴리아에 대한 것이었다.

"스승님, 제게 청이 하나 있습니다."

"청이라… 해보거라."

"릴리아도 같이 배워도 될런지요? 제가 눈이 보이지 않으니 옆에서 도와줄 사람이 있으면 해서 그럽니다."

자신이 필요해서 그런다고 이야기는 했지만 릴리아가 정령술을 배우면 좋겠다는 바람을 가지고 있음을 네일도 짐작할 수 있었다.

"허허허! 그게 무슨 대수라고. 같이 배우도록 하거라."

"감사합니다, 스승님!"

카라스가 고개를 숙이며 고마워하자 네일은 제자의 마음씀씀이가 대견하여 고개만 끄덕거렸다.

"릴리아, 너도 카라스의 옆에 앉거라."

"네……."

릴리아는 자신도 정령술을 배울 수 있게 됐다는 사실에 어안이 벙벙했다.

그러나 어떻게든 배울 수 있으면 꼭 배우고 싶었던 것이 정령술이었다.

"자! 수업을 시작하도록 하자. 처음이니 정령술이 어떤 것인지부터 알아야겠지?"

네일은 정령술이 무엇인지부터 설명하며 두 사람에게 정령술에 대해서 가르쳤다.

그리고 수업의 핵심은 정령의 존재를 믿느냐가 가장 중요하다는 것을 강조했다.

"…그러니까 정령은 자신을 믿는 존재에게 힘을 실어준다. 그리고 그 믿는 자에게 깃들게 되지. 그러면 정령의 힘, 즉 정령력이 정령사에게 생겨난다. 그 정령력은 정령과 함께 하면 할수록 더욱 커져서 그 힘이 어느 한계까지 성장하면 정령도 성장하고 정령사도 윗 단계로 올라가는 것이다."

"아… 그렇군요."

길게 이어지는 수업이었지만 결코 지루하지 않았다.

새로운 힘에 대해서 자세하게 알려주는 존재가 있다는 것이 얼마나 큰 도움이 되는지 검술 수련을 하면서 깨달은 두 사람이었다.

"정령사는 정령력을 키워야 한다는 것은 아까도 말했지만 그에 못지않게 마나도 키워야 한다. 마나는 정령을 소환하는 대가가 되어주는 것이거든."

"마나라면… 마나연공법이 중요하겠군요."

"그런 셈이지. 자연적인 정령사도 존재하는데 그런 경우는 정령을 소환할 수는 있지만 정령이 힘을 쓰지 못한단다. 그리고 체내의 마나가 모두 사용되면 정령은 역소환되지. 해서 태어날 때부터 정령의 선택을 받은 자연적인 정령사는 마나연공법을 배우지 못할 경우 하루 종일 잠만 잔다고 알려지게 된 것이다."

"아… 그렇군요."

정령은 영적인 존재로 그 영적인 존재의 힘을 빌려 쓰는 것
이 정령사이기에 등가교환의 법칙에 따라 그에 해당하는 대
가를 건네줘야 했다.

그것이 정령력이 깃든 정령사의 마나라는 뜻이었다.

"이것에 손을 얹고 마나를 불어넣어 보거라."

네일이 건네준 것은 무속성 정령석으로 마나를 주입하면
가장 강한 속성의 정령력이 드러난다.

만약 아무런 정령속성이 나타나지 않는다면 정령과 인연
이 없다는 것을 의미했다.

"으음……."

보이지 않는 탓에 네일이 손을 잡고 건네주자 카라스는 약
간이지만 가슴이 뛰는 것을 느꼈다.

만약 자신에게 아무런 정령의 속성이 없으면 어쩌나 하는
작은 걱정도 생겨났다.

'믿자… 아무리 재수 없는 놈이라고 해도 한 가지쯤은 있
겠지.'

카라스는 마음을 다잡고 마나를 휘돌렸다.

서서히 움직이는 마나가 손아귀로 모이고 그것을 정령석
에 불어넣었다.

징! 징! 징!

정령석은 마나가 들어오자 기이한 떨림을 만들어내며 울

었다.

그 느낌에 카라스는 더욱 간절한 마음을 가지고 마나를 주입했다.

우웅! 파앗!

정령석이 환한 빛을 토해냈다. 비록 카라스는 보지 못했지만 네일과 릴리아는 활짝 웃으며 카라스에게 말했다.

"그만, 되었다."

"푸른빛이 나요, 남편!"

푸른빛이 무슨 속성의 정령속성인지 모르는 카라스는 이어질 네일의 말을 기다리며 마나를 회수했다.

"물의 속성이 가장 강하구나. 아마도 바다 위라서 그런 모양이다."

네일 역시 물의 정령사였다. 마나에 담긴 정령속성이 물의 속성이기에 오로지 물의 정령만 다룰 수 있었지만 상급의 정령사이기에 강력한 힘을 발휘했다.

"마나에 모든 속성이 다 깃들어 있다면 좋겠지만 사람인 이상 그게 쉽지만은 않다. 물의 속성이 강한 사람이 불의 속성을 가질 수는 없는 법이거든."

"아… 그렇겠네요."

"그래서 상성이 맞는 속성끼리는 정령을 소환하는 것이 가능하지. 물의 속성이 강하면 땅의 속성은 가질 수 있다는 것

이 일반적인 정설이다. 바람의 속성을 가지고 있으면 불의 속
성과 상성이 맞아서 가능하고."

"명심하겠습니다."

카라스는 자신에게 물의 속성이 있다는 말을 듣고 그제야
마비되어 잘 움직이지 않는 얼굴에 표정을 만들어냈다.

아마도 미소를 지으려 하는 것일 테지만 그게 쉽지만은 않
았다.

"이제 릴리아, 네가 해보거라."

"제가요? 네……."

릴리아는 자신이 없는지 마지막 말을 할 때는 거의 기어들
어가는 수준이었다.

"릴리아는 뭐든 잘 하니까 이번에도 해낼 수 있을 거야. 힘
을 내!"

카라스의 응원에 릴리아의 얼굴에 홍조가 어렸다. 남편이
라고 부르는 남자가 믿어준다는 것이 조금은 부끄러우면서도
기분이 좋아지게 만들었다.

"해볼게요."

릴리아는 카라스가 했던 것처럼 마나연공법으로 조금 생
겨난 마나를 일으켜 정령석에 불어넣었다.

다시금 정령석이 진동을 일으키고 마침내 환한 빛을 토해
냈다.

"오! 갈색인 것을 보면 땅의 속성이로구나. 허허! 가장 희귀한 속성이 땅의 속성인데 말이야. 축하한다!"

네일의 말에 눈을 질끈 감고 있던 릴리아가 살짝 눈을 떴다.

그리고 손 안에서 갈색의 빛을 뿜어내는 정령석을 쳐다본후 탄성을 터뜨렸다.

"와아… 너무 예뻐요."

그녀는 정령석이 아름다운 것보다 자신에게도 땅의 속성이 있다는 것이 기뻤다.

지금까지 카라스에게 짐만 되는 것 같아 속상했던 적이 한두 번이 아니었는데 이제는 도움이 될 수도 있겠다는 것이 좋았다.

"자, 속성력이 있다는 것은 정령과 계약할 수 있다는 뜻이니 이제부터 해야 할 것은 가장 하급이지만 정령과 계약을 하는 것이다. 너희들의 마나가 적고 정령력이 미약하기에 오래 소환하지는 못하겠지만 계속해서 소환하는 것이 중요한 거니까."

"네, 계약을 하려면 어떻게 해야 하는지 알려주십시오."

카라스의 말에 네일은 정령과의 계약에 필요한 진을 그릴 수 있는 정령석 가루를 꺼냈다.

정령석을 갈아서 만든 것으로 마법의 소환진과 유사한 것을 그리는데 사용하는 거였다.

"잠시만 기다려 보거라."

네일은 육망성을 그리고 그 주변으로 둥근 원을 그렸다.

그리고 육망성의 꼭지점 부분에 4가지의 원소정령에 해당하는 정령석을 놓고 나머지 하나에는 무속성의 정령석을 놓았다.

마지막으로 한곳에 자신이 직접 서며 말했다.

"릴리아는 카라스를 도와서 가운데 앉게 하렴."

"네, 스승님."

릴리아는 카라스의 손을 잡아 정령소환진이 깨어지지 않도록 조심해 가며 가운데로 이동시켰다.

"거기 앉으면 돼요."

"고마워."

카라스가 앉자 릴리아가 물러서고 다시 네일이 말했다.

"정령은 자신을 바라는 간절한 염원에 응해주는 존재다. 그러니 네가 소환하고자 하는 정령을 염원하며 내가 하는 말을 따라하도록 하거라."

"말씀하십시오."

카라스는 네일의 말대로 자신이 가지고 있다고 한 물의 속성의 정령인 운디네와 계약하고 싶다는 간절한 바람으로 스승의 말을 따라했다.

"태초의 맹약에 따라 나, 카라스는 위대한 대자연의 사역자를 부르노라! 그대, 대자연의 사역자는 나의 간절한 부름에 응하기를 바라노라!"

카라스의 말이 끝나자 정령석의 가루로 만들어진 정령소환진이 기이한 변화를 보이기 시작했다.

물의 정령석이 놓여 있던 자리에서 일어나는 빛이 서서히 육망성의 라인을 따라 움직인 것이다.

그리고 마침내 한 바퀴를 다 돈 후에는 더욱 강렬한 빛으로 토해내며 진동을 일으켰다.

"으읏……."

생전 처음으로 느끼는 기묘한 기운이 카라스를 감싸듯이 안았다. 다른 이들에게는 느껴지지 않지만 카라스는 꼭 따뜻한 물속에 잠겨 있는 듯한 느낌이었다.

'편안하다… 이 느낌…….'

카라스는 그 편안한 느낌에 행복함을 느꼈다.

아마도 얼굴 근육이 마비되지 않았다면 그 행복해하는 표정을 다른 두 사람도 보았겠지만 그저 묵묵히 정령이 나타나기를 바라는 것 정도로만 보였다.

우웅! 휘류류류릉!

정령소환진의 중앙에 앉아 있는 카라스의 바로 앞으로 정령이 나타났다.

시신경이 마비되어 보지 못하는 카라스는 어둠 속에서도 정령만은 또렷하게 보이는 것 같았다.

다른 사물은 전혀 보이지 않지만 빛을 발하는 정령의 모습만은 확실히 보인다는 것이 너무도 신기했다.

"네가 물의 정령이니?"

카라스는 자신도 모르게 물의 정령에게 말을 건넸다.

투명한 몸체에 빛을 발하고 있는 모습이 보이지 않는 가운데서도 또렷하게 보이는 기이한 체험을 하고 있는 것이었다.

끄덕끄덕!

운디네는 카라스의 물음에 고개를 끄덕이며 호기심 어린 표정으로 이리저리 뜯어보았다.

"계약을 하거라. 정령력이 없어서 그리 오래 소환하지는 못할 것이니."

"아… 알겠습니다."

카라스는 물의 정령 운디네가 사라지기 전에 서둘러 계약을 하기 위해 말을 건넸다.

"나랑 계약을 해주겠니?"

그 물음에도 아무런 대답 없이 고개를 끄덕이며 운디네가 스르르 미끄러지며 카라스에게 다가왔다. 그리고 자신의 몸체보다 훨씬 큰 카라스의 이마에 가볍게 키스했다.

"아……."

운디네의 키스가 이루어지자 온몸이 상쾌해지고 뭔가 알수 없는 충만함으로 카라스의 입에서 탄성이 흘러나왔다.

"축하한다, 카라스. 운디네와 계약이 이루어졌다."

"이마에 키스를 하는 것이 계약이 이루어졌다는 뜻인가요?"

"나 같은 경우는 운디네와 악수를 했었지. 다른 제자들의 경우도 대부분 그렇다고 알고 있다. 운디네가 네가 마음에 들었던 모양이로구나. 이마에 키스를 해주고 말이야. 허허허!"

"그, 그런… 후후!"

카라스는 운디네가 이마에 해준 키스가 무슨 의미를 가지고 있는지 모르고 있었다.

하지만 결코 나쁘지 않은 그 느낌에 카라스는 다시 한 번 그 편안하고 상쾌한 느낌을 맛보고 싶어졌다.

운디네와 계약을 한 이후 카라스는 정령력을 키우기 위해 필사적으로 물이 있는 곳을 찾아 마나연공법을 시행했다.

릴리아도 흙의 정령과 계약을 했는데 흙을 구하기가 어려워 꽤 어렵게 수련을 쌓아야 했다.

'정령과 교감을 하는 방법은 계속 소환해서 같이 놀아주는 거라고 했던가?'

네일의 이론에 따르자면 정령과 오래 있을수록 정령력은

올라가고 정령의 능력 또한 같이 성장한다고 했었다.

그 말을 충실히 따라 카라스는 정령력이 고갈될 때까지 운디네를 소환하여 같이 놀았다.

논다라기보다는 카라스의 마비된 시신경을 운디네가 계속 자극하여 치료를 하는 것이었지만 말이다.

'정령의 눈으로 세상을 보는 것은 어떤 것일까?'

예전 네일이 자신의 얼굴에 마법으로 변형된 것을 꿰뚫어 본 것을 기억했다. 아무도 눈치채지 못했을 때도 정령의 눈은 사실을 왜곡시키는 거짓된 것을 뚫어보지 않았던가.

'그리고 그때… 다른 것은 보이지 않았지만 정령의 모습은 밝은 빛처럼 눈에 보였다. 그걸 생각하면……'

카라스는 눈을 매만지며 시신경을 뚫으려고 노력하는 운디네에게 자신이 생각한 바를 이야기했다.

"운디네, 혹시 네가 시신경 안에 머물면 내 눈이 보일까?"

운디네는 그 말의 의미를 알지 못해서 작고 앙증맞은 고개를 갸웃거렸다.

그것이 보일 리 없는 카라스는 대답이 없는 운디네에게 약간의 답답함을 담아서 이야기했다.

"그러니까 네가 지금 뚫으려고 하는 것이 드라켄의 독에 의해서 굳어버린 시신경이잖아. 그건 알고 있지?"

샤락! 샤락!

운디네는 대답을 하지 못하는 것에 카라스의 얼굴에 동그 란 원을 그리며 맞다는 뜻을 전해왔다.

"그곳에 네가 머물면서 보이는 것을 전해주는 거야. 어때, 가능할까?"

운디네는 카라스의 설명을 듣고 아리송한 모습을 보였지 만 이내 카라스가 원하는 대로 눈으로 스며들어갔다.

다른 정령은 불가능하지만 소환자와 맹약의 끈으로 이어 져 있는 정령이기에 가능한 행동이었다.

"으웃……."

차가운 기운이 눈으로 스며들자 카라스는 그 생경한 느낌 에 이를 앙다물었다.

그러나 마비되어 버린 시신경으로 인해 거북스런 느낌이 상당했던 것이 조금은 줄어드는 것에 인상이 펴졌다.

'과연 보일까?'

자신의 눈을 대신해서 운디네가 그 자리에 있다는 것이 조 금은 두렵고 기이했다.

그러나 밑져봐야 본전이라는 생각에 잘 떠지지 않는 눈에 있는 힘을 다해서 눈꺼풀을 밀어 올렸다.

'됐다!'

눈꺼풀이 떠지자 카라스는 앞이 보이는지 확인했다.

자신의 손을 들여다보며 그것이 보이는지 확인했는데 처

음에는 또렷한 모습이 아닌 어둠을 뚫고 희미한 손의 영상이 보이는 수준이었다.

'보인다… 이렇게라도 보이는 것이 어디냐.'

암흑 속에 갇혀 있다가 조금이라도 희미한 영상을 볼 수 있게 되자 세상을 다 가진듯한 기분이었다.

"아… 점점 또렷해진다… 너무 고마워, 운디네."

카라스는 자신의 눈에 머물고 있는 운디네에게 고마움을 전했다.

처음에는 어려웠지만 점점 또렷하게 물체의 상을 볼 수 있게 되었고 그것이 모두 운디네가 있기에 가능한 것이었다.

"남편, 뭐해요?"

다른 이들의 이목 때문에 남편이라고 불러야 했던 릴리아지만 이제는 스스럼없이 남편이라고 불렀다.

이름을 부르는 것보다 애칭처럼 되어버린 그 호칭이 입에 붙은 탓이었다.

"아, 어서 와."

표정은 굳어버린 탓에 변하지 않지만 음성은 상당히 기분이 좋다는 것을 드러내고 있었다.

릴리아는 무슨 좋은 일이 있는지 궁금했는지 카라스의 옆에 앉으며 재차 물었다.

"무슨 좋은 일이 있는 거예요?"

"후후! 오늘은 하늘색 드레스를 입었네. 예쁘다."

"네? 서, 설마… 눈이 보이는 거예요?'

릴리아는 말해주지 않은 드레스의 색깔을 알아맞히는 카라스를 보며 깜짝 놀랐다.

"보이기는 하는데 아직 시신경의 마비가 풀린 것은 아니야. 운디네가 그곳에 머물면서 대신 그 역할을 해주는 거지."

"아… 그렇다면 운디네가 역소환되면 다시 안 보인다는 거네요?'

"그런 셈이지. 그래도 운디네가 소환되어 있는 동안에는 볼 수 있는 거니까. 그것만 해도 어디야. 후후후!"

"호호! 그건 그렇네요. 축하해요, 남편!'

릴리아의 축하인사에 카라스는 그녀의 머리카락을 쓰다듬어주었다.

고운 머리카락을 쓸어주는 그 손길에 릴리아의 얼굴에 홍조가 어렸지만 결코 싫어하는 기색은 아니었다.

정령력이 낮은 탓에 하루에 운디네를 소환할 수 있는 시간은 고작해야 30분 정도였다.

그 시간 동안만 시력을 회복하는 카라스는 거의 대부분의 시간을 마나연공법에 매달렸다.

물의 속성을 담으려 노력하며 필사적으로 수련하는 탓인

지 점점 체내에 쌓이는 마나의 양은 비약적으로 늘어갔다.

'어제는 소환할 수 있는 시간이 대략 35분… 그 전날보다 5분가량 늘었다.'

하루에 조금씩이지만 소환하는 시간이 늘어나자 카라스는 기분이 무척 좋았다.

그리고 정령의 눈으로 보는 세상은 예전 자신의 눈으로 보는 세상보다 훨씬 또렷하고 깨끗한 것도 마음에 들었다.

'가장 좋은 것은 바로 운디네와 감각을 공유한다는 거지.'

정령은 소환자가 악한 일을 시키거나 법칙에 위배되는 일을 하게 되면 친밀도가 떨어지게 된다.

그런데 카라스는 눈이 안 보이는 상황에서 그것을 대체할 목적으로 운디네를 눈으로 사용하며 의지했다. 그것은 운디네에게 상당한 기쁨으로 여겨졌다.

소환자가 소환수인 운디네를 믿고 의지한다는 것은 이전까지 없었던 행동이었고 그 자체로 운디네에게는 소환자를 돕는다는 기분을 만끽하게 만들었다.

"스승님, 안녕하십니까!"

카라스는 갑판으로 오랜만에 바람을 쐬러 나왔다.

그곳에 먼저 나와 있는 네일을 발견하고 얼른 달려가 꾸벅 인사했다.

"허허허! 이제는 제법 정령사의 느낌이 나는구나."

네일은 운디네가 카라스의 눈을 대신하고 있음을 알아보았다.

그리고 신나서 일을 하고 있는 운디네의 모습은 그를 기분 좋게 만들었다.

"비록 짧은 시간이지만 운디네와 감각을 공유한다는 것이 상당히 기분 좋습니다. 후후!"

"그럴게야. 정령과 감각을 공유하는 것은 상당한 친밀도가 있어야 하는 일인데… 벌써부터 그것이 가능하다니 나도 믿어지지 않는구나."

정령을 소환하는 것은 어느 정도 정령력만 가지고 있어도 정령석의 도움을 받아서 가능했다.

그러나 그런 식의 소환은 정령을 자신의 뜻대로 움직일 수 없었다.

카라스가 정령력이 꽤 높은 편이라고 해도 갓 소환을 한 상황에서 저런 모습을 보인다는 것이 의외였다.

'간절함과 노력이 합쳐지면 기적을 이뤄낼 수 있다. 물론 평범한 것은 안 되겠지만.'

네일의 칭찬에 카라스는 그런 생각을 해보았다. 자신이 가졌었던 그 간절함과 물의 속성을 담기 위해 했던 그 노력은 스스로 생각하기에도 이전의 그 어떤 노력보다 치열했고 필사적이었다.

"그나저나 이제 얼마 지나지 않으면 신대륙이다. 그곳에서 무엇을 이루려 하느냐?"

네일의 물음에 카라스는 자신이 이루려고 하는 그 꿈을 잠시 생각했다.

그리고 그 대답을 네일에게 해도 되는 것인지 망설여졌다.

너무 건방진 것은 아닌지, 그리고 강한 힘을 소유하려고 하는 것이 어리석어 보이는 것은 아닌지에 대한 망설임이었다.

"힘을 가지려고 합니다."

그러나 대답은 솔직해지자는 거였다.

사람이 가진 생각은 은연중에 행동과 모습에서 드러나는 것이다.

결코 속이려고 해도 완벽하게 속일 수 없지 않던가.

"힘이라… 힘은 항상 책임이 따르는 것이다. 그건 알고 있느냐?"

힘에는 책임이 따른다는 말에 카라스는 전생의 기억까지 통틀어서 생각해 보았다.

물론 힘은 책임이 따르지만 그것과 함께 권리도 따르는 것이다.

'그리고 세상에는 권리만 가지려 할 뿐 책임을 지려는 놈들이 너무 적지. 솔직히 신대륙 개척단이라는 것도 힘을 가진 놈들이 남의 땅을 빼앗으려고 지랄 발광하는 것일 뿐.'

그런 속내는 토로하지 못하고 고개만 끄덕이며 대답했다.

"알고 있습니다."

"그래, 알고 있다니 다행이구나. 그리고 또 한 가지 알아야 할 것이 있단다."

"그게 무엇입니까?"

"힘은 필연적으로 다른 힘과 충돌하게 되어 있는 법이다."

"음……."

"나는 아니라고 해도 다른 힘을 가진 이가 보기에는 잠재적인 적이거든. 힘은 결코 융화되어 공존할 수 없으니 말이다. 해서 힘을 갖는다는 것은 어설픈 생각으로 결정할 문제가 아니라는 말이다."

"명심하겠습니다."

"힘을 가지겠다고 결정을 했으면 결코 누구에게도 꺾이지 않을 노력을 해야 한다. 알겠느냐?"

"예, 스승님."

카라스는 자신을 위해 조언을 아끼지 않는 네일이 고마웠다.

비록 그의 목숨을 구했다고는 해도 이렇게까지 자신을 가르치고 챙겨주는 것이 쉽지는 않을 것이었다.

한 달이라는 시간이 흐르고 카라스의 눈은 이제 뿌옇게나

마 보이게 되었다.

몇 미터만 벗어나도 보이지 않았지만 바로 앞에 있는 것은 흐릿하게 보이는 것은 장족의 발전이었다.

"흐랏! 합!"

쉬잇! 휘릭!

카라스의 하루 일과는 무척이나 단촐해졌다.

일어나자마자 마나연공법을 수련하는 것으로 시작했다.

그 다음이 몸을 풀고 로인가의 검술을 릴리아와 함께 익히며 체력을 길렀다.

그 다음이 정령을 소환하여 하갑판의 바닷물과 가장 가까운 곳에서 다시 속성력을 늘리기 위한 명상을 했었다.

"이크! 하지만!"

파팟! 쉬쉬쉿!

게일은 카라스의 공격에 재빠른 몸놀림으로 빠져나가며 용병검술을 시전하며 역공을 가했다.

"이런!"

카라스는 급히 치고 나가는 것을 중단하고 방향을 바꿔 사선으로 빠져나갔다.

역공을 피해 게일의 좌측으로 파고들며 횡으로 베어내며 접근을 막았다.

"여기까지 합시다, 단장."

회심의 역공을 피해내고 견제의 묘까지 보이는 카라스의 검술 실력은 눈에 부상을 입었다고 하기에는 너무도 대단했다.

　　특히 처음 게일과 대련을 시작할 때만 해도 검을 휘두르는 스피드만 뛰어날 뿐 풋내기라고 해도 무방할 검술 실력이 비약적인 발전을 이뤄내고 있었다.

　　"그렇게 하죠. 후아… 힘드네요. 후후후!"

　　카라스가 바닥에 주저앉으며 눈을 대신해고 있는 운디네에게 말했다.

　　"운디네, 이제 됐어."

　　스르르릇!

　　물이 흘러내리듯이 카라스의 눈에서 빠져나온 운디네가 땀에 절어 있는 주인의 모습을 보고 고개를 가로 저었다.

　　"게일을 먼저 해줘."

　　카라스의 명령에 운디네는 주인과 함께 수련을 한 게일에게 손을 뻗었다.

　　그러자 물이 허공 중에서 생성되며 그대로 게일의 몸을 휘감으며 돌았다.

　　"웃… 역시 이 시간이 제일 좋다니까. 흐흐흐!"

　　게일은 운디네가 시켜주는 정령수의 샤워를 무척이나 좋아했다.

피로도가 사라지고 온몸에 존재하는 부상이 낫는 그 느낌은 아주 특별한 체험이기 때문이었다.

"다른 단원들의 수련은 어떻습니까?"

눈의 부상 이후 카라스는 단원들의 수련을 모두 게일에게 일임했었다.

단원들 가운데 가장 강한 사람이기도 했고 마나연공법의 전수 이후 익스퍼트급에 곧 올라갈 것으로 기대되었다.

지금도 어렴풋이 검기를 만들어내는 것을 보면 오늘내일 하는 중이었다.

"마나연공법을 수련한 이후 단원들의 실력이 일취월장하고 있습니다. 특히 제리코의 실력은 이제 제가 상대하기 벅찰 정도입니다."

"제리코가요? 호오! 전에 봤을 때도 범상치 않은 아이라고 생각했지만… 대단하군요."

"사연이 있는 아이 같았습니다. 검술도 그렇고 몰락한 귀족가의 자식이라는 판단입니다. 그간 마나연공법이 없어서 실력이 정체되어 있다가 폭발적인 성장을 하는 거죠."

"음… 그렇군요."

몇 년 전의 자신의 모습을 보는 것과 같은 소년, 아니 이제는 청년이라고 불러야 할 제리코였다.

마나연공법의 습득 이후 폭발적인 성장을 하는 그는 이제 용병단의 중심축이 되어 있을 정도였다.

"이제 곧 신대륙에 당도할 것인데 다른 문제를 해결해야 합니다."

"문제라뇨?"

"그것이… 제가 해군병사들에게 들으니 신대륙에 가면 기본적으로 마법사가 필요하다고 하더군요."

"마법사요? 흐음……."

마법사는 기본적으로 비싼 몸값을 지닌 존재였다.

정령사가 희귀하기는 하지만 마법사와는 기본적으로 가진 역량이 달랐다.

'마법사가 필요하기는 한데… 마법 인챈트를 할 수 있는 마법사의 존재는 용병단의 큰 전력의 축이 되어줄 것이거늘…….'

포트 로얄에서의 마지막 4일은 많은 아쉬움이 남았다.

애번셜 후작가의 추격대가 오지 않았다면 그 시간동안 더욱 충실한 준비를 할 수 있었을 것이다.

그리고 마법사도 어쩌면 영입할 수 있지 않을까 하는 생각에 아쉬움이 남는 거였다.

"다음이 기간트를 가지고 있어야 한답니다. 바바리안들은 매머드를 이용해서 공격하는데 그 매머드의 크기가 몸체만 20미터에 이를 정도로 거대해서 막아내기가 어렵다고 하더군요. 해서 기간트가 아니면 상대가 불가능하답니다."

"아… 매머드……."

카라스는 매머드라는 말에 그럴 만도 하겠다는 생각이 들었다.

이 대륙의 생명체들, 특히 몬스터라고 불리는 존재들이 그렇듯이 매머드는 가죽은 검기가 아니면 생채기도 내기 어려울 정도로 두껍고 단단했다.

거기에 거대한 몸체에서 나오는 파워는 목책 정도는 그대로 무너뜨리고 병사들을 어육으로 만들어 버릴 것이었다.

"귀띔을 해준 병사의 말이 신대륙 개척단의 총본부가 있는 포트 프론테에서 기간트를 살 수 있답니다."

"기간트를 살 수 있다? 가격은 얼마나 한다고 하던가?"

"본국에서 사는 것보다 1.5배는 더 줘야 한다더군요."

기간트라는 것은 그 가격이 상상을 초월하는 괴물이었다.

10미터에 이르는 거체가 모두 강철로 만들어진 것도 있지만 마법진과 동력원으로 사용되는 마나석까지 합하면 5만 골드는 줘야 살 수 있었다.

'50억이라… 풋! 전생에는 1억도 없어서 허덕거리던 내가 50억은 우습게 지를 생각을 다 하다니…….'

생각해 보면 장족의 발전이었다.

그러나 그 발전은 어디 가서 얻어맞고 빼앗기기 딱 좋은 발전이었고 더 노력해야 한다는 생각에 고개를 좌우로 내저었다.

"우선적인 과제가 기간트의 입수와 마법사 전력의 보강인 셈이로군요."

"그렇습니다, 단장."

"일단 도착하고 난 후에 최대한 노력해 보는 걸로 하죠."

카라스는 그렇게 말하며 반드시 두 가지 전력을 입수하리라 다짐했다.

그렇게 해야 살아남을 수 있다면, 그리고 강해질 수 있다면 빼앗아서라도 얻어낼 생각이었다.

2장

포트 프론테

신대륙으로 도착하기까지 걸린 시간은 역풍을 뚫고 오느라 무려 3개월에 가까운 시간이 흘렀다.

덕분에 카라스는 마나연공법을 통해 완전한 익스퍼트급에 오를 수 있었다.

오러의 형상화가 완벽해지고 로인검술을 거의 대부분 습득하여 기사들과의 싸움에도 밀리지 않을 정도로 익혀냈다.

"운디네, 고생했어."

카라스는 자신의 눈을 대신해서 머물러있던 운디네를 역소환시켰다.

이제 생활에 지장을 주지 않을 정도까지 시력이 회복되었는데 익스퍼트로 올라서면서 시신경을 막고 있는 드라켄의 독이 많이 사라진 탓이었다.

끄덕!

운디네는 카라스의 인사에 무표정하게 고개만 끄덕인 후 정령계로 돌아갔다.

"제이크 경! 여기 있었구만."

카라스는 선미부의 상갑판에서 수련을 했었다.

누가 자신이 펼쳐내는 로인가의 검술을 보는 것을 원하지 않은 탓이었다.

"어서 오십시오, 보르네시아 중령님!"

"곧 포트 프론테에 도착할 것이네."

"벌써요? 하하! 신대륙이라니……."

카라스는 신대륙에 도착한다는 것에 상당히 기분이 좋아졌다.

눈은 여전히 불편했지만 생활을 하는 것에는 지장이 없었으니 신대륙에 도착하면 당장에라도 강한 힘을 가지게 될 것만 같은 희망에 부풀었다.

"단원들에게 들으니 기간트를 구입하려고 한다면서?"

"그렇게 해야 할 거 같습니다. 기간트가 없으면 버티기 어렵다는 말을 들었거든요."

"아직 본국에는 많이 알려지지 않았네. 그래서인지 이곳에서 판매되는 기간트는 상당히 비싼 편이지."

"1.5배는 줘야 한다고 들었습니다. 해서 고민이 좀 많습니다."

카라스가 고민하는 부분은 다른 것이 아니었다.

페니실린의 조제법을 넘기고 받은 돈 중에서 지금 카라스의 수중에 있는 돈은 30만 골드 조금 넘는 수준이었다.

해서 기간트를 얼마나 구입해야 하는가에 대한 고민을 하는 중이었다.

"몇 대를 구하려고 하는가?"

"그것이 고민입니다. 2대는 적은 거 같고 3대를 사자니 너무 부담이 되거든요."

"헛! 3대를 구입할 여력이 된다는 말인가? 적어도 20만 골드는 넘어갈 것인데 말이야."

말이 20만 골드지 작은 남작령 하나는 돈으로 살 수 있을 정도였다.

신대륙에서 빡세게 구르지 않아도 남작령 하나 사서 떵떵거리며 살 수 있다면 그 정도에 만족하고 살 사람들은 수두룩할 것이었다.

'5만 골드 이상을 더 지출해야 하는데… 그게 고민이 안 된다면 웃기는 일이겠지.'

3대를 산다면 돈을 조금만 더 보태면 본국에서는 5대를 살 수 있는 금액이었다.

너무도 큰 손해를 봐야 한다는 것은 쉽게 결정내리기 어려웠다.

'이래서 정보가 중요한 거다… 전생의 기억 속에서도 그렇게 당해놓고 이러다니…….'

시행착오는 인간이라면 누구나 겪는다.

그러나 현명한 사람과 어리석은 사람은 그 시행착오를 겪고 난 후에 드러난다.

현명한 이는 다시는 시행착오를 겪지 않기 위해서 그것에 대비하는 반면, 어리석은 이는 그 시행착오를 또다시 겪는 우를 범하기 마련이니 말이다.

'멍청한 인간은 되지 말자. 준비하지 않으면 결코 힘을 키운다고 해서 강해지지 못하니까.'

카라스는 다시 한 번 각오를 다지며 주먹을 불끈 쥐었다.

그때 보르네시아 중령이 카라스에게 뭔가 망설이는 듯하다 이야기를 꺼냈다.

"자네 혹시 편법이라는 것에 대해서 어떻게 생각하나?"

강직한 기사라면 절대 저지르지 않는 것이 편법이다.

어린 나이에 나이트의 작위를 가진 카라스를 보며 보르네시아 중령은 그런 사람은 아닌가 하고 묻는 거였다.

"필요하다면 얼마든지 써야 된다고 생각합니다. 물론… 남에게 피해를 줘가면서 할 짓은 아니지만요."

"그래? 그렇다면 다행이군."

꽉 막힌 이들만큼 상대하기 어려운 이는 없었다.

적이라면 아주 편한 상대지만 우군이라면 절대 피해야 할 우군인 것이다.

"무슨 하실 말씀이라도 있으십니까?"

"흠… 자네도 알겠지만 본국은 신대륙 개척에 사활을 걸고 있네. 그건 알고 있겠지?"

"물론입니다. 개척단을 꾸준히 보내는 거만 봐도 알 수 있는 일이니까요."

"그래서인지 본국의 투자는 상상을 초월하고 있네. 신대륙 개척단의 단장을 맡고 있는 리넥스 백작에게 지원되는 기간트는 지난 2년간 150대에 이른다네."

"아… 엄청나군요."

150대의 기간트라면 그 금액만 따져도 800만 골드 이상이었다.

아무리 상위 귀족인 백작이라고 해도 그런 돈은 절대 만져보기 어려운 돈이었다.

"내가 듣기로… 그 기간트 중에서 몇 대가 암시장에 풀리고 있다고 들었네."

"네? 그건……."

"맞네. 리넥스 백작은 지원되는 기간트를 팔아서 자신의 주머니를 채우고 있는 거지."

"본국에 알려서 처벌해야 하는 것은 아닙니까?"

"그게 사실상 불가능하네."

"불가능하다니… 그게 무슨 말입니까?"

"리넥스 백작이 처음 신대륙 개척단으로 올 때 가지고 온 기간트가 있었네. 다 망가져서 폐기해야 할 기간트였지. 그걸 전투에서 파괴된 것으로 처리하여 새 기간트를 빼돌렸네. 서류상으로 너무 완벽했으니 본국에서도 그런 줄 알고 처리해 주었네."

"음… 대단한 잔머리로군요."

"맞네. 그리고 그가 가진 배경이 그것을 가능하게 해주었네. 그의 매형이 국왕 전하시거든."

"아……."

국왕의 외척인 그가 신대륙 개척단의 수장으로 온 것은 의외였지만 온갖 비리를 저지르고도 무사할 수 있을 만한 배경을 가진 것이다.

"백작 각하께 기간트 구입을 타진해 보게. 분명 암시장에서 파는 것보다는 싸게 구입할 수 있을 것이네."

"감사합니다. 한데… 이런 도움을 주시는 이유를 알 수 있겠습니까?"

이유 없는 호의는 절대 사절이었다. 그런 호의는 때론 독이 되어 돌아오기 때문이었다.

호의를 받는 것에 익숙해지다 보면 언젠가 큰일이 닥칠 때 누군가에게 의존하게 되는 자신의 모습을 보게 될 것이었다.

"간단하네. 드라켄과의 싸움에서 이 배를 지킬 수 있었던 것은 자네의 공이 컸네. 그 때문에 눈이 멀게 됐음에도 포기하지 않고 맹렬히 수련하는 자네의 모습에 감명을 받았다고 할까? 아무튼 그렇네. 하하하!"

"좋게 봐주셔서 감사합니다, 중령님!"

"하하, 아닐세. 그럼 나중에 보세나."

카라스가 인사를 정중하게 하자 보르네시아 중령은 그런 그의 어깨를 두드려준 후 다시 선장실로 가버렸다.

"리넥스 백작이라… 그는 과연 어떤 사람일까?"

"욕심이 많은 사람이지. 그것이 왕국에 해가되지 않으니 국왕 전하께서도 알면서 모르는 척하고 있는 것일게고."

"앗! 스승님, 나오셨습니까!"

카라스는 자신의 혼잣말을 듣고 대답하는 네일에게 깜짝 놀랐다.

익스퍼트급에 오른 이후 상당히 오감이 발달했었고 눈이 안 보이는 동안 청력은 몇배는 더 좋아진 상태였다.

그런 귀를 속이고 접근할 수 있다는 것 자체가 네일이 대단한 실력자임을 알 수 있었다.

"사람 자체만 놓고 본다면 가히 일국을 세울 만한 사람이지. 물론 성군으로서의 자질은 모르겠지만 능력만 놓고 본다면 그렇다는 이야기다."

"그렇게 이야기하시는 것을 보면 좋은 사람은 아니겠군요."

"허허허! 내 말이 그렇게 들렸더냐? 하긴 딱히 틀린 이야기는 아니니 상관은 없다."

"능력은 있으나 인성이 안 좋은 사람이라면… 땅을 정복하는 것에는 적임자겠군요. 피정복자들에 대해 무참한 희생을 강요할 수 있을 테니까요."

"맞다. 그래서 가장 심한 싸움을 하는 쪽은 우리 왕국 쪽 개척지라고 들었다."

"으음……."

"국왕께서 나를 보내는 이유 중에 하나가 바로 리넥스 백작에 대한 견제에 있다. 두 나라의 연합으로 인해서 우리가 밀리는 것에 대비하는 것도 있겠다만… 그 이유가 가장 크다고 할 수 있지."

"그렇다면 저에게는 좋은 상황은 아니로군요. 스승님께서 백작에 대한 견제의 임무를 맡으신다면… 그자가 저 역시 곱게 보지는 않을 테니까요."

"그렇기는 하겠다만 꼭 그렇다고 할 수는 없지."

"네? 그게 무슨 말씀이신지요?"

"너 하기 나름이라는 이야기다. 나는 이미 은퇴를 한 몸…
굳이 누군가와 척을 지면서 살 이유가 없지. 게다가… 나는
평생을 바쳐서 나라에 진 은혜를 모두 갚았다. 그 정도로 알
아두거라."

"그 말씀은… 하하! 정말 감사합니다, 스승님!"

카라스는 싱긋 웃고 돌아가는 네일의 뒤통수에 대고 구십
도로 허리를 숙여 인사했다.

네일의 말은 자신을 적당히 이용해 먹으라는 뜻이었다.

견제를 하지 않도록 도와줄 것이니 그 반대급부를 내어놓
으라고 백작에게 요구해도 된다는 뜻이었다.

'이래서 정령사들이 세상에 잘 알려지지 않는 것이다. 국
가에 대한 충성심과는 거리가 먼 존재들… 자연 속에 파묻혀
서 살기를 원하는 자들이 정령사들이니.'

국가보다는 자신의 제자가 더 소중하게 생각하는 것이 네
일을 비롯한 정령사들이었다.

굳이 제자가 아니더라도 자신의 지인이 국가보다 더 소중
한 존재들인 셈이었다.

빰빠빠빠빰빠빠빠!

항구로 배가 들어서자 수백이 넘는 병사들이 도열해 있었고 군악대의 연주 소리가 요란스럽게 들렸다.

"운디네 소환!"

후웅! 스스스슷!

작고 귀여운 운디네가 세상으로 나오고 자신의 소환자이자 맹약의 주인인 카라스에게 날아왔다.

"나를 도와주겠니?"

운디네는 카라스의 말에 서슴없이 그의 눈으로 스며들었다.

운디네를 통해 세상을 또렷하게 보게 된 카라스는 자신의 팔짱을 낀 채 기대에 차있는 릴리아를 보았다.

"기뻐 보이네."

"응! 몇 개월 만에 육지에 내리는 거잖아요."

릴리아는 육지를 밟게 된다는 것과 신대륙이라는 두 가지로 인해서 무척이나 흥분해 있었다.

그런 그녀의 손을 다독이며 카라스는 항구로 배가 정박하기를 기다렸다.

"신대륙 포트 프론테에 도착했다! 닻을 내려라!"

"닻을 내리랍신다! 닻을!"

선원들이 우렁찬 복명과 함께 닻을 내리고 돛 역시 내려졌다. 그러자 배와 함구를 잇는 다리가 내려지자 보르네시아 중령이 우렁찬 명령을 토했다.

"이제 하선해도 좋다. 하선하라!"

"와아아! 하선이다!"

선원들보다 더 신난 것이 용병단의 단원들이었다.

오랜 선상에서의 생활로 인해서 땅이 그리울 대로 그리운 사람들이었다.

미리 말해둔 대로 게일을 선두로 하여 용병단이 하선하고 그들의 맨 뒤에서 카라스와 릴리아가 네일을 모시고 배에서 내려섰다.

다가닥! 다가닥!

배에서 내리기 무섭게 말을 탄 일단의 기사들이 다가왔다.

하얀 백설의 준마들로 이루어진 기사단은 성기사라고 해도 믿을 정도로 상당히 고결해 보이는 하얀색 일색의 복색이 특징적이었다.

"네일님이십니까?"

기사들의 선두에 선 기사가 물었다.

특이하게 여인의 몸으로 기사가 됐는지 여인의 음성이었다.

"내가 네일일세. 그러는 그대는 누구인가?"

"나이트 제인 폰 리넥스입니다. 각하!"

"호오! 리넥스가의 영애셨군. 그래 무슨 일로 나를 찾아왔는가?"

"백작께서 각하를 뵙기를 청하십니다."

"그래? 흐음… 안내하게."

"네, 하온데 저들은 누군지 알 수 있겠습니까?"

정체를 알 수 없는 젊은 남녀의 등장에 제인이라고 이름을 밝힌 리넥스가의 영애는 경계를 하는 모습이었다.

"나이트 제이크입니다, 리넥스 영애."

"부인인 릴리아 보인이에요."

두 사람의 소개에 제인의 눈에 이채가 어렸다.

정령사인 네일과 함께하는 사람이 한 명은 기사였고 다른 한명은 힘이 있는지도 가늠되지 않는 평범한 여인이니 말이었다.

"내 제자들일세. 제이크는 제이크 용병단의 단장이기도 하고."

"아… 그러시군요. 하오면 같이 가시겠습니까?"

"당연한 소리. 제자를 떼어놓고 혼자 가지는 않겠네."

"알겠습니다. 같이 가시지요."

제인은 그렇게 말하며 한쪽에 대기 중이던 마차를 향해 손짓했다.

마차가 다가오는 동안 한쪽에 대기 중이던 용병단원들에

게 간 카라스는 게일에게 돈을 주며 용병단이 주둔할 수 있는 곳을 찾으라고 명령을 내렸다.

"어서 오십시오, 네일 후작 각하!"

"허허! 모든 작위를 반납한 자에게 후작이라니… 어쨌든 환대해주어 고맙소, 리넥스 백작!"

네일은 은퇴를 하며 왕국에서 받은 작위인 후작의 작위를 반납했었다. 해서 나라에서 받은 은혜를 모두 갚았다고 할 수 있는 것인지도 몰랐다.

"나이트 제이크입니다, 각하!"

"릴리아 보인이에요, 백작 각하!"

"만나서 반갑소, 나이트 제이크! 레이디 보인!"

백작은 두 사람에게 반갑게 인사를 하며 활짝 웃었다.

그런 그의 웃음을 보며 카라스는 처음으로 숨이 막히는 기분을 느꼈다.

'이것이 강자의 기세라는 것인가? 허… 대단하군.'

네일은 정령사이기에 강한 기세를 드러내지 않지만 무인들, 특히 기사라는 족속들은 강한 힘과 투기를 발산하는 것을 자랑으로 여겼다.

예전에 가장 강한 자로 보였던 트라웃 자작만 해도 상급의 익스퍼트로 그가 뿜어내는 기세는 카라스의 고개를 들지 못하게 만들 정도로 강했었다.

'한데… 이자는 트라웃 자작의 기운은 훈풍정도로 느껴지게 만든다… 도대체 얼마나 강한 것인지.'

카라스는 자신의 능력이 올라갔음에도 상대하는 것이 거북할 정도로 강하게 느껴지는 리넥스 백작의 기세에 압도당했다.

징! 징! 징! 징!

카라스는 갑자기 눈에서 느껴지는 진동에 깜짝 놀랐다. 아마도 운디네가 주인의 압박에 반응을 보이는 것일 터였다.

'하아… 고맙구나, 운디네.'

카라스는 운디네에게 고맙다는 마음을 전하며 눌리고 있는 마음을 다잡았다.

이 정도의 기세에 눌릴 정도라면 세상을 놀라게 할 정도로 강한 자가 되겠다는 자신의 꿈은 포기해야 할 것이라 생각한 거였다.

"나는 네일 후작 각하와 이야기를 할 것이니 제인 네가 두 사람에게 정원이라도 안내해 주거라."

"그리하겠습니다, 각하!"

딸인 것이 분명한 제인은 리넥스 백작에게 깍듯이 각하라는 칭호를 붙였다.

그 이상한 호칭에 카라스는 묘한 기분이 들었지만 내색하지는 않았다.

"용병단의 단장이시라구요?"

"그렇소."

카라스는 정원으로 가면서 제인이 묻는 첫 번째 질문이 의외였다.

보통의 귀족이라면 출신성분부터 따지는 것이 기본이기 때문이었다.

"용병단을 꾸리시기 힘드실 텐데 대단하시군요. 나이도 저와 비슷해 보이는데 말이에요."

"과찬이십니다, 나이트 리넥스!"

카라스는 제인이라는 여인이 여자가락보다는 기사로서, 또 한 사람의 무인으로서 살기를 희망한다는 것을 느꼈다.

그래서 기사라 부르는 것이 꺼려지지 않았다.

"이곳에는 무슨 일로 오셨는지 알 수 있을까요? 생각하시는 것처럼 대단한 것도… 그리고 꿈을 꿀 수도 없는 곳이거든요."

"글쎄요. 생각하기 나름이겠죠. 저는 저 나름대로 꿈을 꿀 수 있을 거라 판단했습니다만."

"그런가요? 하긴 사람 나름이겠죠."

말을 하는 제인의 표정이 어두웠다.

하루가 멀다 하고 싸워야 하는 곳에서 산다는 것은 아직 카라스에게는 피부에 와 닿지 않았다.

산골마을에서 몬스터의 싸움에 이골이 난 것과 사람과의 싸움은 분명 다른 문제일 것이었다.

"전 이곳에서 3년째에요. 정말 많은 사람들이 찾아오고 그 사람들은 전부 제이크 경처럼 꿈을 가지고 오죠. 하지만 지금까지 살아남은 사람은 열에 하나에요. 나머지는 다 일 년을 버티지 못하고 죽었죠."

"흠… 전장터니까요."

"그래서 전 이곳이 싫어요. 꿈도 사람이 살아야 이룰 수 있는 거라고 생각하거든요."

제인의 말과 행동이 딱딱한 이유를 알 것 같았다.

전장에서 살아가는 그녀는 귀족의 혈통으로 후방에서 지원임무만 맡다 보니 직접 싸울 일은 없었을 것이었다.

그러다 보니 지옥과도 같은 전장에서 죽어가는 이들만 보았었다.

그것이 그녀를 회의적인 성향으로 몰아갔을 것이 분명했다.

"제인!"

세 사람이 나란히 걸어갈 때 저택의 입구 쪽에서 누군가가 달려오며 제인의 이름을 불렀다.

여인의 음성이었고 냉랭해 보이는 제인의 얼굴에 처음으

로 훈훈한 미소가 번졌다.

'누굴까? 로브를 입은 것으로 보아 마법사로 보이는데.'

정령사보다는 흔하지만 결코 찾아보기 어려운 족속이 마법사였다.

1천 명에 한 명꼴로 마법사의 재질을 가진 이가 태어나는데 그런 재질을 가진 이 중에서 마법사로 크는 사람일 확률이 그리 높지 않았다.

"헬렌, 어서와!"

제인은 로브를 입은 여인과 두 손을 마주잡으며 반가워했다.

"어라! 이 분들은 누구셔?"

"아… 제이크 경과 그 부인이야. 이번에 개척단으로 오신 분이야."

"그래? 안녕하세요, 헬렌이라고 해요."

"제이크입니다."

"릴리아에요."

두 사람이 이름을 밝히자 헬렌은 제이크의 얼굴을 빤히 쳐다보았다.

마나에 민감한 마법사다 보니 제이크의 얼굴에서 이상한 느낌을 받은 것이었다.

"얼굴은… 무슨 일이 있으신 건가요?"

"드라켄의 독에 당했습니다. 지금은 많이 좋아졌습니다
만……."

카라스는 혹시 모를 의심을 피하기 위해서 드라켄의 독에
당했다는 말로 넘어가려 했다.

"드라켄이라구요? 와! 드라켄하고 싸우신 거예요?"

"그렇게 됐습니다. 스승님이 아니라면 큰 위험을 겪어야
했을 겁니다."

"네일 후작 각하의 제자분이셔."

"앗! 네일 후작 각하께서 오신거야? 그리고 제자분이시면
정령사이신 거예요?"

"그것이… 일단 정령사는 맞습니다."

"와아! 대단해요. 정령사라니……."

마법사인 그녀가 정령사라는 말을 하며 꿈을 꾸는 듯이 몽
롱한 눈빛으로 변하는 것에 카라스는 고개를 가로저었다.

뭔가 모를 정령사에 대한 환상 같은 것을 품고 있는 것으로
보였다.

"헬렌! 무슨 일로 온 거야? 네가 일이 없이 올 아이가 아니
잖니."

제인이 그런 그녀에게 그만 하라고 주의를 주듯이 말했다.

그러자 헬렌은 정신을 차리고 로브의 소매에서 작은 보석
함 같은 것을 꺼냈다.

"아! 이걸 주려고 왔어."

"이게 뭐니?"

"열어봐. 내가 만든 실드 마법이 걸려 있는 귀걸이야."

"마법 귀걸이? 고, 고마워……."

고맙다는 말은 하면서도 제인의 얼굴은 약간 떨떠름했다.

기사는 투구를 착용해야 하기에 귀걸이를 하기가 어려웠다.

특히 보석함에 들어 있는 것처럼 귓불에 걸어야 하는 귀걸이는 거의 불가능에 가까웠다.

"내가 이번에 4클래스로 올라갔잖니. 호호! 그 기념으로 너에게 줄 아티팩트를 만들었지. 전장으로 나가야 하는 너니까 그 귀걸이가 꼭 필요할 거 같아서……."

쉬지도 않고 헬렌의 입에서 귀걸이를 만든 이유부터 제인에 대한 걱정까지 연이어 흘러나왔다.

주위의 사람 따위는 신경도 쓰지 않는 헬렌의 모습에 카라스는 헛웃음을 흘리며 릴리아를 보았다.

"우리는 저기 구경을 좀 할게요. 나중에 봬요."

릴리아는 두 사람이 이야기를 할 수 있도록 해주기 위해 카라스의 팔짱을 끼며 자리를 옮겼다.

제인은 자신의 가시권 안에 두 사람이 있는 것에 마음이 놓이는지 헬렌의 폭풍 같은 수다를 받아주며 고개를 살짝 숙였다.

"얼굴은 예쁜 아가씨가 수다가 정말 심하군."

카라스는 헬렌의 수다에 진저리가 쳐지는지 고개를 심하게 저었다.

"말을 할 친구가 없나 보죠. 여자는 원래 수다를 떨어야 하는 사람이에요."

"그래도 저건 조금 심하다 싶어서. 후후!"

"그건 그렇기는 해요."

릴리아도 헬렌의 폭풍수다에 그저 웃고 말았다.

본국의 저택과는 약간의 차이가 나는 건물양식을 갖춘 리넥스 백작의 거대하고 아름다운 저택과 정원을 구경하는 두 사람은 말없이 그 풍경을 감상했다.

"무슨 생각을 해?"

"응… 그냥 옛날 생각이요."

"보인가의 저택도 이렇게 아름다웠나?"

"사랑스러웠죠. 이렇게 큰 저택은 나한테는 아름답게 느껴지지는 않아요."

"그래? 릴리아는 어떤 집에서 살고 싶은데?"

"사랑스럽고 편안한 집이요. 내 아이들이 마음껏 뛰어놀 수 있는 공간이 있었으면 좋겠고… 작은 정원에서 꽃밭을 키울 수 있으면 좋을 거 같아요. 그리고…….."

"그리고 또 있어?"

"네, 작은 동물들을 키우고 싶어요."

"후후… 그렇군."

카라스는 릴리아가 원하는 것은 그리 큰 것이 아니라 소박하고 아기자기한 행복임을 알았다.

"지금은 어려워도 그런 집을 꼭 만들어줄게. 기다려 봐."

"네? 아… 고, 고마워요……."

기어 들어가는 목소리로 말하며 얼굴을 홍시처럼 붉히는 릴리아를 보며 카라스는 자신이 무슨 실수를 했는지 깨달았다.

'아차! 딱 오해하기 좋은 말이네… 이런!'

하지만 이제 와서 은혜를 갚겠다고 할 수도 없는 노릇이었다.

'아차! 운디네가 돌아갈 시간이 다가오는데…….'

이제는 운디네를 소환해서 함께 할 수 있는 시간이 3시간으로 늘어났다.

만약 운디네에게 다른 일을 시킨다면 더 짧은 시간으로 줄어들겠지만 지금은 눈을 대신하는 것이라 3시간의 소환이 가능했다.

'아마도 모를 것이다. 내 신체의 일부를 대신해주는 운디네에게 고마운 마음을 가지며 생활하는 것… 그 덕분에 정령

친화력이 상상을 초월하는 속도로 올라가고 있음을 말이야.'

운디네를 자신의 일부로 여긴다는 것만으로 정령친화력은 비정상적으로 올라가고 있었다.

세상 어떤 정령사가 정령을 자신의 일부라 여기며 수련을 하겠는가? 친구 내지는 동반자 정도로 여기는 것이 최대일 것이었다.

"운디네, 이제 돌아가야 할 시간이야."

후웅! 스스스슷!

운디네가 카라스의 눈에서 빠져나왔다.

자신의 몸처럼 소중하게 자신을 여겨주는 주인에게 운디네는 가볍게 입맞춤을 해준 후 정령계로 돌아갔다.

"어머! 운디네가 키스도 해주는 거예요?"

릴리아도 정령사가 됐기에 다른 정령사의 정령이 눈에 보였다.

덕분에 운디네가 카라스의 이마에 키스를 해주는 것을 보고 깜짝 놀랐다.

"내 눈을 대신해주는 운디네이다 보니 내 몸의 일부라고 생각했거든. 너무도 고마웠던 적이 한두 번도 아니었고. 그래서인지 친화력이 많이 올라갔어."

"아하! 그런 거였군요."

릴리아도 자신의 정령인 노움과 어떤 식으로 교감을 해야 할지 조금은 해법이 보이는 것 같았다.

"내가 봤을 때 정령은 자신을 아껴주고 사랑을 주는 주인에게 베푼 사랑보다 더 많은 것을 주는 존재같아. 마치 어머니와 같은 존재라고 할까? 설령 아들이 삐뚤어지고 나쁜 일을 하더라도 곁을 지켜주는 유일한 존재잖아. 어머니라는 존재는."

"네… 그런 거 같아요."

카라스는 고향 마을에 계신 어머니를 떠올렸다.

아마도 가족들에게 무슨 일이 있을지도 모른다는 걱정은 하고 있지만 당장에 어떻게 할 수 있는 방법이 없으니 몇 년간은 이를 앙다물고 참아야 할 것이었다.

"나이트 제이크!"

"대화는 끝나셨나요?"

"죄송해요. 헬렌이 좋은 친구이기는 한데… 말이 좀 많죠?"

"후후! 괜찮습니다."

"배려 감사드립니다."

제인은 고개를 숙이며 고마움을 전했다.

그런 그녀의 옆에서 헬렌은 멀뚱멀뚱 카라스와 릴리아를 쳐다보았다. 마치 자신은 결코 말이 많은 것이 아니라는 듯한 행동에 피식하고 웃음이 터져 나왔다.

"쳇! 왜 웃는 거예요?"

헬렌은 카라스가 자신을 보고 웃자 약간 토라진 말투로 통을 놓았다.

"아닙니다. 레이디 헬렌을 보니 그냥 웃음이 나와서요. 죄송합니다. 하하하!"

카라스가 웃음을 참지 못하고 더 크게 웃자 헬렌은 입술을 씰룩이며 고개를 돌려 버렸다.

"마법사라고 하셨는데 이곳에 마탑이 있던가요?"

웃음기 가득한 얼굴로 묻는 카라스에게 헬렌은 대답을 하지 않았다.

기분이 나쁘니 어서 더 사과를 하라는 무언의 압박에 제인이 대신 대답했다.

"그녀의 할아버지가 블루 마탑의 장로이신 젠슨님이세요."

"블루 마탑의 젠슨님이요? 흠… 그럼 젠센님하고는 무슨 관계가 있으신가요?"

카라스는 젠센에게서 그의 형도 마법사라는 이야기를 들었던 기억이 떠올랐다.

이름이 비슷해서 혹시나 하는 마음에 젠센의 이름을 언급했다.

"어! 작은 할아버지를 어떻게 아세요?"

"아하! 알기는 압니다만 그리 친한 것은 아닙니다. 마법 아이템을 만들 때 몇 번 도움을 받은 적이 있어서 그럽니다."

"그래요? 난 또… 흥!"

헬렌이 다시 삐친 척하는 것에 카라스는 모르는 척으로 일관하며 말했다.

"다음에 젠슨님을 한 번 찾아뵙고 싶은데 가능하겠습니까?"

"흥! 오든지 말든지 마음대로 하세요. 마법사에게 의뢰할 것이 있나 보죠?"

"물론입니다. 그런 이유가 아니라면 찾아뵐 이유가 없겠죠."

"네에……."

헬렌은 사무적인 어투로 일관하는 카라스에게 괜히 심통이 났다.

다른 두 여인, 부인인 릴리아와 자신의 친구인 제인에게는 친절하게 대하면서 왜 처음 보는 자신에게는 정색을 하는지 그 이유를 알 수 없었다.

3장

첫 전투

리넥스 백작과 카라스의 스승인 네일의 독대는 상당히 오랫동안 이루어졌다.

할 이야기도 많았겠지만 무엇보다 중요한 것은 본국에서 리넥스 백작에게 보낸 국왕의 명령서가 문제였다.

약간의 고성이 오가는 시간이 중간에 있을 만큼 두 사람은 격렬한 논쟁을 벌여야 했다.

"에잉! 고집불통 노인네 같으니!"

리넥스 백작은 네일과 카라스가 돌아간 후 자신의 집무실에서 10여 명의 가신들과 함께했다.

"무슨 일로 그러십니까, 주군!"

리넥스 백작의 책사 역할을 하고 있는 아론 남작의 물음에 백작은 인상을 찌푸리며 대답했다.

"본국에서 네일 후작을 보내 온 이유를 알고 있나?"

"정확한 것은 아닙니다만… 우리에게 결코 이로운 일은 아닐 거라 판단했습니다."

"바로 보았네. 스파이안 제국의 대사가 본국에서 저격당해서 죽었고 그 문제로 스파이안과 프랑크 왕국이 손을 잡을 듯하네. 그 대책으로 네일 후작을 이곳으로 보낸 것일세."

"흠… 그런 일이라면 상당히 골치 아픈 일이 벌어질 수도 있겠군요."

"맞네. 바바리안 놈들하고 싸우는 것도 힘든 일인데 이제는 두 나라의 개척단 놈들과도 드잡이질을 해야 할 판이니 원."

"하오면 네일님께 프랑크 왕국의 개척단이 주둔중인 곳과 경계를 이루고 있는 곳에 가주십사 하는 것은 어떻겠습니까?"

"그렇게 하고 싶지만 국왕전하께서 그 자에게 나를 감시하는 임무를 맡기셨네. 매형은 왕국을 위해 고군분투하고 있는 나를 못 믿는단 말인가? 허허! 이거야 원… 당장에라도 고국으로 돌아가고 싶은 마음이구만."

리넥스 백작의 불만 어린 음성에 가신들 역시 불만을 드러냈다.

이 머나먼 이역으로 와서 고생하는 자신들에게 의혹 어린 시선을 보내고 있는 왕국의 왕과 귀족들에게 보내는 불만이었다.

"일단 네일님을 잘 설득하셔야 합니다.

자칫 본국에서 지원이 줄어들기라도 한다면… 모든 것을 이곳에 걸고 있는 주군과 저희들은 설 땅을 잃게 될 것입니다."

"알고 있네. 하지만 고집불통인 그 노인네가 잘도 내 말을 들어줄까 싶네."

리넥스 백작의 말에 몇몇 가신들은 고개를 주억거렸다. 국왕을 위해 헌신한 귀족이자 정령사로 알려진 이가 네일이었고 그가 감시역으로 온 것을 보면 앞으로의 일이 참으로 퍽퍽할 것 같다는 느낌을 받은 것이다.

"일단 이곳의 사정을 알게 되면 조금은 나아질 겁니다. 그러니 처음 제가 말씀드린 바대로 그를 프랑크왕국 개척단의 경계선으로 보내십시오. 그곳은 바바리안 부족의 강경파 중의 하나인 바야호 부족과의 전장이니 확실한 체험을 할 수 있을 겁니다."

"바야호족이라… 나쁘지 않군. 내일 내가 부탁을 해보겠네."

"저는 저 나름대로 네일 후작의 약점에 대해서 찾아보겠습니다. 아니면 타협할 수 있는 점은 무엇인지도 말입니다."

"그렇게 하게."

"네, 주군!"

리넥스 백작은 자신의 힘으로 간신히 버티고 있는 실정이기에 네일의 가세가 싫으면서도 마음이 놓이는 부분이 있었다.

그가 자신의 일에 방해만 하지 않는다면 그보다 더 좋은 우군은 없을 것이었다.

　

"꺼윽! 취한다!"

"한잔만 더 하자고. 저기 오키드주점 어떤가?"

"오키드? 흐흐! 거기 좋지."

"거기로 가자고. 크크크!"

용병들로 보이는 자들이 술이 불콰하게 취한 모습으로 또 다른 술집을 향해서 가고 있었다.

아직 해가 떨어지지도 않은 시간에 술에 찌든 모습을 보는 것이 그리 유쾌하지만은 않았다.

"단장님! 여깁니다."

아직은 또렷하게 사물을 구분할 수 있는 시력이 아닌 탓에 카라스는 릴리아의 팔짱을 낀 채 걸었다.

그런 그를 부르는 이는 카라스가 일처리를 맡겼던 게일이
었다.

"게일 부단장, 용병단의 주둔지는 마련했습니까?"

"요새 내에는 주둔할 공간이 없어서 외곽에 마련했습니다.
그곳으로 가시겠습니까?"

"그렇게 합시다."

카라스는 주둔지로 가서 할 일이 많았기에 서둘러 가려고
했다.

그런데 오키드라는 술집으로 갔던 그 술에 취한 용병들이
투덜거리며 오다가 릴리아를 보았다.

"오! 예쁜데~"

"흐흐흐! 그런 얼치기 용병하고 있지 말고 나랑 노는 게 어
때? 응? 이 오빠가 아주 죽여줄게! 크크크크!"

용병들은 술에 취한 상태이기에 나이가 어려보이는 카라
스와 30대 초반의 게일만 보고 수작을 걸어왔다.

"이 새끼들이!"

게일은 단장인 카라스의 부인으로 알고 있는 릴리아가 모
욕을 당한 것에 격분하여 당장에라도 검을 뽑아들 기세였다.

마나연공법을 수련한 이후 거진 익스퍼트에 도달해 있는
상황이었다.

조금만 더 시간을 투자하면 적어도 몇 개월 이내에 올라설

수 있는 실력을 갖춘 그였다.

"흐흐흐! 애송이 용병 새끼가 어디서 나대?"

"못 보던 놈일 걸 보면 새로 온 놈들 같은데 말이야. 따끔한 맛을 보여줘야 정신 차리지. 크크크!"

빈정대며 서서히 다가서는 네명의 취한 용병들을 보며 카라스는 인상을 싸늘하게 굳혔다.

"운디네 소환!"

후웅! 스스스슷!

허공 중에 물방울이 모여들며 작고 앙증맞은 운디네의 모습이 되었다.

운디네는 정령력이 거의 소모되어 정령계로 돌아갔다가 주인의 소환에 응해 나왔다.

하지만 지금 카라스에게 남은 정령력은 거의 바닥이었고 정령술을 펼치기에는 무리였다.

'정령… 물의 정령이 무서운 이유는 다름이 아니지. 바로 물을 다스릴 수 있다는 것. 그리고 사람의 혈액 또한 물이라는 거지!'

카라스는 이 세상의 정령사들이 그런 이치를 모르기에 큰 힘을 사용해 가며 적들을 상대하는 것이 안타까웠다.

물을 다스릴 수 있는 물의 정령사가 조금만 머리를 굴려도 해낼 수 있는 전투법은 상당히 많았다.

"저 새끼들 심장에 흐르는 혈액을 얼려 버려!"

지잉! 지지지징!

심장의 혈액을 얼리는 일은 정령력이 그리 소모되지 않는 행위에 불과했다.

운디네는 주인이 느끼고 있는 분노에 동조하여 나쁜 인간들에게 과감하게 벌을 내렸다.

"커헉!"

"흐으… 으헉!"

용병들은 갑작스런 격통에 심장을 부여잡았다.

심장으로 흘러들어가는 대동맥과 대정맥의 혈액이 갑자기 얼어버리자 혈관이 막혀버린 결과였다.

"사, 살… 려……."

스륵! 쿠웅! 쿠쿠쿵!

네 명이 동시다발적으로 쓰러졌다.

아무리 대단한 인간이라고 해도 심장으로 흐르는 혈관이 얼어서 막혀버리면 힘을 쓸 수 없다.

마나를 다룰 줄 알아서 정령의 공격을 스스로 막아낼 수 없는 자들은 이런 공격에도 그대로 죽어나가게 될 것이었다.

"제이크!"

릴리아는 정령의 힘으로 네 사람을 죽음으로 몰아가고 있는 카라스의 팔을 잡으며 고개를 흔들었다.

"나는 괜찮아요. 그러니까 저 사람들 살려줘요."

"정말 괜찮겠어?"

"네, 진짜에요."

"알았어. 운디네 풀어줘."

카라스의 말에 운디네는 얼려버린 혈액을 다시 원래대로 돌려놓았다.

다시 혈액이 움직이게 되자 멈추려고 하던 심장이 다시 세차게 뛰며 혈액을 움직였다.

"커어… 흐어어어!"

"사… 살았다… 흐으……."

용병들은 죽음의 강을 건너갔다가 다시 돌아오게 되자 공포에 떨었다.

"다시 한 번 지껄여 봐라. 정신을 차리게 한다고 했더냐?"

"그, 그것이……."

"잘못했습니다요. 사, 살려만 주십시오."

용병들은 자신들이 건드린 젊은 청년이 정령사라는 것에 두려움을 느꼈다.

하급의 정령사라고 해도 적어도 3클래스의 마법사와 동등한 대우를 받는 것이 정령사였다.

그런 정령사를 건드렸으니 자칫 치도곤을 당할 수도 있었다.

"나는 뉴만 백작 각하께 기사의 작위를 받은 나이트 제이크다! 레이디 릴리아가 살려달라고 하여 목숨을 살려주겠다만… 다음에도 이런 모습을 보인다면 네놈들의 목을 베어버릴 것이다. 알겠느냐!"

강하게 일갈을 터뜨리는 카라스의 음성이 술집이 줄줄이 이어져 있는 곳을 강타했다.

싸움 구경을 하러 몰려 나왔던 용병들과 개척단 소속의 병사들은 카라스의 신분이 나이트라는 것에 고개를 가로저었다.

"사라져라!"

"가, 감사합니다, 나이트 제이크!"

용병들은 자신들이 건드리려 했던 이가 자신들의 목을 베어도 아무런 처벌도 받지 않는 위치에 있음을 깨닫자 두려움에 떨었다.

그러다 사라지라는 제이크의 말이 떨어지자 뒤도 돌아보지 않은 채 줄행랑을 놓았다.

"와! 아주 작은 힘만 움직이던데 한번에 4명을 어떻게 제압한 거예요?"

뒤에서 들려오는 질문에 카라스는 그 목소리의 주인공이 헬렌이라는 것을 알았다.

'저 아가씨가 여기는 무슨 일로 온 거지?'

용병들이 술을 마시고 노는 곳에 젊은 여인이 온다는 것은 상식적으로 이해되지 않았다.

특히 그것이 마법사라면 더욱 이상한 노릇일 것이었다.

"가장 기초적인 것만 알아도 나처럼 할 수 있소. 다들 그런 기초적인 것을 알려하지 않아서 그럴 뿐이지. 그럼!"

카라스는 짧게 목례와 함께 다시 길을 재촉하려 했다.

"그러니까 그 기초라는 게 뭔가요? 내가 알고 있는 지식으로는 도저히 이해가 되지 않는 일이라서 그래요."

마법의 가장 큰 원동력은 탐구와 실험이라고 할 수 있었다.

그런 탐구와 실험을 통해서도 알아내지 못한 그 기초라는 것이 헬렌은 궁금했다.

"거참……."

"남편, 그건 나도 궁금해요. 어떻게 한 거예요?"

"끄응… 간단해. 피가 물일까, 아닐까?"

"에이 피가 어떻게 물이 될 수 있어요. 피는 피고 물은 물이죠."

"맞아요. 피하고 물이 어떻게 같을 수 있죠?"

"피 1리터를 물통에 받은 후에 놔둬봐. 어떻게 되지?"

카라스의 질문에 두 사람은 기억을 더듬어 그런 경우가 있는지를 생각해 보았다.

"굳어버려요."

"맞아, 피가 굳어버리지. 한데 그게 1리터가 되던가?"

"아……."

마법사인 헬렌은 피가 굳으면 바짝 줄어드는 것을 떠올렸다.

피와 물이 다르다면 어떻게 그런 일이 있을 수 있겠는가.

피의 대부분이 물로 구성되어 있고 나머지가 공존하고 있을 때 가능한 일임을 깨달은 것이었다.

"피에는 물 성분이 대다수를 차지하지. 해서 물이 증발하는 것처럼 피도 그렇게 되는 거야. 여기서 문제! 운디네는 그런 물로 이루어진 피를 이용해서 사람을 죽일 수 있을까?"

"그, 그렇군요… 정말 무서운… 방법이네요. 그리고 가장 확실한 방법이기도 하고."

"맞아. 그래서 물의 정령을 다루는 정령사를 화나게 하면 안 되는 거야."

"아… 정말 대단해요. 당신은 그런 것을 어떻게 알아낸 거죠?"

"응? 그거야… 후후! 대답은 할 수 없어. 그건 내 밑천이나 마찬가지거든. 그럼 이만!"

궁금증을 풀어주었으니 이제 갈 길을 가겠다는 뜻을 표한 카라스가 릴리아의 팔을 잡아끌고 걸음을 재촉했다.

"이, 이봐요. 잠깐만요."

헬렌은 카라스에게 상당한 궁금증을 느꼈다.

처음에는 자신을 너무 쌀쌀맞게 대하는 것에 삐쳤었던 그녀지만 뭔가를 배울 수 있는 사람이라는 생각이 들자 언제 삐쳤냐는 듯이 달라붙는 거였다.

"처음 뵙겠습니다. 나이트 제이크입니다."

"아론 남작이네. 오느라 고생하지는 않았는지 모르겠군."

"아닙니다. 그런데 저를 보자고 하신 이유를 알고 싶습니다만."

카라스는 리넥스 백작의 책사로 알려진 아론 남작이 자신을 청한 이유가 궁금했다.

물론 어느 정도는 짐작을 하고 있지만 자신의 몸값을 높이려면 자세를 낮출 하등의 이유가 없었다.

"네일님 때문에 제이크 경과 이야기를 하고 싶어서 그러네."

"스승님 때문이라면… 흠! 말씀하십시오."

무슨 일로 자신을 불렀는지 알 것 같았다.

지난 며칠 동안 네일은 리넥스 백작과 몇 차례에 걸쳐서 회동을 했었고 그때 자신의 이야기를 넌지시 꺼냈을 것이 분명했다.

"네일님께서 자네가 원하는 것을 들어줬으면 하는 눈치시

더군. 그럼 주군의 일을 딴지 걸지 않으시겠다는 뜻도 은연중에 흘리시고 말이야."

"스승님의 의중이 무엇인지 저는 알지 못합니다. 다만…제가 설득을 할 수는 있겠죠."

"그런가?"

설득이라는 말에 아론 남작의 눈이 반짝이며 빛났다.

뭔가 돌파구를 찾아냈을 때 나타나는 그 현상에 카라스는 입꼬리를 살짝 말아 올렸다.

'당신이 가진 패는 뭐지? 어서 말을 해보지 그래?'

카라스는 지금 운디네의 도움으로 아론 남작을 보고 있었다.

덕분에 아론 남작의 모든 생리적인 현상을 자세히 파악할 수 있었다.

심장의 박동부터 미미한 근육의 움직임까지 세세하게 살피고 있기에 그가 거짓말을 하는 거라면 단박에 눈치챌 수 있었다.

"내가 무엇을 도와주면 네일님이 편안한 노후를 보낼 수 있도록 해줄 수 있겠나?"

아론 남작의 물음에 카라스는 어깨를 으쓱거렸다.

자신의 요구를 말한다면 그것은 협상에서 가장 멍청한 짓을 하는 것이었다.

상대방의 패를 먼저 꺼내놓게 만드는 것이 중요했다.

"글쎄요. 리넥스 백작 각하께서 얼마나 스승님을 생각하시는지에 따라 달라지겠죠."

"끄응……."

"스승님께서는 왕국을 위해 평생을 다 바쳐서 노력하셨다고 들었습니다. 이제는 은퇴를 했음에도 국왕전하의 간곡한 부탁을 이기지 못하고 이곳으로 오셨구요."

"나도 알고 있네."

"그런 분의 소원이 무엇이겠습니까? 편안한 노후를 안락하게 보내고자 하셨는데 그것을 방해받았으니… 쯧쯧! 저 같아도 꼬장을 부리고 싶어질 거 같습니다."

"허어… 그래도 나라를 위한 일인데 그러면 쓰겠는가?"

"알죠. 알고 있으니 더욱 화가 나는 겁니다. 이제는 편안하게 쉴 자격이 충분한 스승님이십니다. 죽어서 무덤에 들어갈 때까지 부려먹겠다는 것은 너무한 처사가 아니겠습니까?"

"그건 내가 생각해도 지당한 말이네. 국왕 전하께서도 이런 결정을 하신 것은 너무 하신 것이지."

"흠흠! 그런데 여기 오자마자 리넥스 백작 각하께서는 스승님께 가장 험난한 전투가 벌어지는 곳으로 가달라고 하셨다면서요? 어찌 그러실 수가 있답니까? 스승님의 연세가 벌써 70을 넘기셨단 말입니다."

"아… 그거야……."

구구절절이 카라스의 말이 옳았기에 반박을 할 수가 없었다.

귀족으로서 의무를 다해야 한다는 말도 할 수 없는 것이 네일은 이곳으로 오기 전에 후작의 작위를 국가에 반납한 상태였다.

그러니 그런 핑계도 댈 수 없는 처지였다.

"스승님은 편안한 노후를 원하십니다. 그것만 충족된다면 리넥스 백작 각하를 신경 쓸 이유가 없지요. 안 그렇겠습니까?"

"그렇겠는가?"

"물론입니다. 제가 그것은 책임질 수 있습니다."

"으음……."

카라스가 거기까지 말하고 입을 굳게 다물어 버리자 아론 남작은 맹렬히 머리를 굴려야 했다.

편안한 노후라고 말할 수 있으려면 어느 정도의 지원을 해야 할까 하는 점이 문제였다.

"내 자네의 요청을 다 들어주는 방향으로 하겠네. 그러니 원하는 바를 이야기해 보게."

"글쎄요… 제가 뭐 아는 게 있겠습니까? 이제 겨우 스물이 넘은 나이인데요."

"그거야… 끄응……."

보통의 저 나이의 젊은이라면 도저히 보여주기 어려운 능청과 여유였다.

그런 모습에 아론 남작은 보통의 젊은이가 아닌 정치판에서 산전수전 다 겪은 귀족을 상대하는 듯이 대하기로 했다.

"자네도 알겠지만 지금 신대륙 개척단은 상당한 위기에 처해 있는 실정일세. 지급해야 하는 포상금도 제대로 지급하지 못할 처지이지. 그런 상황에서 네일님의 마음에 들게 대우를 해드리려면 상당히 어려운 일을 겪어야 할지도 모르는 일이라네."

이른바 읍소작전은 그 어떤 상황에서도 먹혀들어가기 마련이었다.

나의 어려움을 사정사정하여 상대방에게 인정을 베풀도록 유도하는 것이었다.

"에이! 그건 아니죠. 제가 알기로는 지난 번 기간트 지원에 문제가 있었다고 하던데요. 네일 스승님께서 그 문제를 캐고 들어가시라고 해야겠네요. 그럼 어찌 되려나… 뭐! 어떻게든 되겠죠. 그럼 전 이만!"

카라스가 더 이상은 할 말이 없다는 듯이 자리에서 일어나자 아론 남작은 속이 바짝 타들어갔다.

기간트에 관한 문제를 파고 들어가면 결국은 문제가 발생

하는 것은 리넥스 백작이었다.

고철덩어리 폐기간트를 가져와서 새로 지급된 기간트로
바꿔치기 한 것이 들통날 수도 있었다.

"거기까지 했으면 이제 자네가 말해도 될 것 같군. 그래 원
하는 것이 무엇인가?"

"흐음……."

카라스는 운디네를 통해 아론 백작의 심장이 마구 요동치
고 있음을 느낄 수 있었다.

귀족답게 얼굴 표정에는 드러나지 않지만 생체반응이 저
렇다면 그가 결국에는 패배를 인정했다는 말과 같았다.

"신대륙 개척단에는 12개의 거점 요새가 있는 걸로 알고
있습니다."

"맞네. 그건 왜 묻는 것인가?"

"그중 하나를 맡겨주십시오. 스승님을 모시고 제가 이끄는
용병단이 주둔하겠습니다."

"그것이 끝은 아니겠지?"

"물론입니다. 기간트 3기를 싸게 구입했으면 합니다. 마지
막으로 마법사 한 명의 지원입니다. 가능하겠습니까?"

"으음… 기간트 3기라면……."

기간트는 상당히 비싼 전투 병기였다.

그런 것을 3기나 내어달라고 하는 것은 아론 남작이 결정

할 수 없는 문제였다.

하지만 싸게 사겠다는 말은 조율하기 나름이니 아론 남작 선에서 결정할 수 있을 것이었다.

"비싸다고 생각할지 모르겠지만 스승님의 도움을 받을 수 있다고 생각하시면 그리 비싼 것은 아님을 알게 되실 겁니다."

"네일님의 도움이라… 알겠네. 내 내일 연락하도록 하지. 어지간하면 다 들어주도록 하겠네."

"그럼 믿고 가겠습니다. 제가 말씀드린 것이 최소한임을 아셨으면 합니다. 그럼!"

카라스가 나가고 아론 남작은 고개를 갸웃거렸다. 어린 나이라고 하기에는 너무도 뛰어난 협상실력을 가지고 있었다.

"대단한 청년이다… 과연 저 청년의 등장이 어떤 영향을 미칠지… 그것이 궁금해지는구만."

아론 남작은 고개를 가로저으며 카라스의 요청을 리넥스 백작에게 전하기 위해서 자리를 떴다.

"정지! 모두 멈추시오!"

카라스와 용병단, 그리고 네일 등은 12개의 거점 요새 중의 하나인 야크 요새로 들어섰다.

바로 리넥스 백작이 네일을 보내기를 원했던 바로 바야호 부족과의 전장이 있는 곳이었다.

'뭐 나쁘지는 않군.'

카라스는 야크 요새의 커다란 목책을 보며 입술을 씰룩거렸다.

나쁘지 않다는 생각이지 결코 안전하다거나 좋은 것은 아니라는 뜻이었다.

"이곳으로 발령받은 제이크 용병단의 단장이자 기사인 제이크다. 문을 열어라!"

"잠시만 기다리십시오. 확인을 좀 하겠습니다."

"5분 주겠다. 그 시간이 넘어가면 문을 열어도 좋은 꼴은 보지 못할 것이다!"

카라스는 병사들의 눈이 웃고 있는 것을 보고 싸늘하게 말했다.

저들은 분명 새로운 요새 책임자로 부임하는 카라스에 대해서 전달받았을 것이 분명했다.

그럼에도 문을 열지 않는 것은 길들이기 내지는 골탕을 먹이려고 하는 수작이었다.

"알겠습니다. 잠시만!"

병사는 싸늘한 카라스의 눈빛에 위험을 느꼈다.

살인을 해본 자만이 보일 수 있는 살기가 깃든 눈이었고 자신쯤은 그냥 목을 날릴 수 있는 자의 눈빛이었다.

"화, 확인되었습니다. 들어가십시오."

목책의 문이 열렸다.

이중으로 막아져 있는 목책의 입구가 서서히 올라가자 카라스는 손만 작게 앞으로 흔들어 용병단과 함께 안으로 들어섰다.

'저자가 이전의 책임자인 기사 탈보트로군.'

거점 요새인 탓에 크기는 상당했다.

작은 성을 방불케 하는 크기와 내부 시설물들을 자랑했고 도열해 있는 병사들과 그 앞의 기사가 눈에 띄었다.

"나이트 탈보트십니까?"

"그렇소. 명령서를 보여주시오."

"여기 있습니다."

카라스가 명령서를 건네자 탈보트는 빠르게 명령서를 읽어내렸다.

대충 훑는 수준이었고 그는 한시라도 빨리 다른 곳으로 가고 싶은 마음에 바로 요새의 수비대장의 관인을 카라스에게 건넸다.

"받으시오. 수비대장의 관인이오."

"인수 받았습니다. 나이트 탈보트!"

"흐흐! 그럼 수고하시오. 난 해가 지기 전에 돌아가야 하니 이만 출발하도록 하겠소."

"네? 인수인계는 하고 가야 하는 거 아닙니까?"

"관인만 넘기면 됐지 인수인계는 무슨… 안에 서류들이 있으니 그걸 확인하면 될 거요. 이만 가보리다!"

휑하니 가버리는 탈보트라는 기사를 보는 카라스는 절로 고개가 저어졌다.

저런 자가 기사랍시고 다스린 요새라면 뭔가 문제가 있어도 크게 있을 것만 같았다.

"놔두거라. 있어봤자 도움이 될 거 같지는 않으니. 허허허!"

네일은 말에서 내리며 고개를 가로저었다.

그가 생각하기에도 한심하기 짝이 없는 놈이 요새를 감당하고 있었다는 생각에 헛웃음이 흘러나온 것이다.

"듀란 용병단의 단장인 듀란입니다, 네일 후작 각하!"

"퍼셀 용병단의 퍼셀입니다. 각하!"

용병단장들이 네일을 향해 우르르 몰려와 인사했다.

그들에게 네일의 소식이 알려졌는지 병사들과는 사뭇 다른 반응을 보였다.

"환대를 해주어 고맙네. 다들 안으로 들어가서 인사를 하도록 하세."

"그리 하겠습니다. 각하!"

후작의 작위를 가지고 있던 네일은 왕국 내에서 제법 유명한 사람이었다.

마스터에 준하는 상급의 정령사라는 타이틀도 그렇고 왕국을 위해 평생을 바친 사람이라는·점도 한몫했다.

'이래서 평판이 중요한 것인가? 내가 본 스승님은 결코 왕국에 연연하는 분이 아니시거늘.'

카라스는 용병단의 단장들이 보이는 반응이 무척이나 우습게 느껴졌다. 그래도 그런 생각을 내색할 수는 없는 노릇인 탓에 표정 관리에 각별히 신경을 썼다.

뎅! 뎅! 뎅! 뎅!

급작스럽게 울리는 타종 소리에 3층짜리 목조건물로 들어가려던 사람들의 발길이 멈춰졌다.

모두가 시선을 틀어 입구 쪽을 바라보는데 그쪽에서 병사들의 외침이 터져 나왔다.

"바야호족이다! 적의 공격이다!"

비상을 알리는 타종과 함께 병사들의 외침이 터져 나왔다.

'후후! 하필 오는 날 공격을 해오다니… 혹시… 그자는 공격해 올 것을 알고 있었던가?'

줄행랑을 치듯이 빠져나간 탈보트의 행동이 의심스러웠다.

그러나 증거가 없으니 그런 의심을 한다고 해도 항의도 어려울 것이었다.

"가보자꾸나."

"네, 스승님. 게일! 준비해!"

"네, 단장님!"

게일이 짐을 풀고 있던 용병단에게 전투준비를 시키는 사이 네일과 함께 카라스는 목책으로 올라갔다.

'워… 대단하네…….'

지평선의 끝 쪽에 모습을 드러낸 바야호족의 바바리안들은 그 수가 수천을 넘어선 대병이었다.

하나같이 타고 있는 괴상한 몬스터가 흉흉한 기세를 드러내고 있어서 무척이나 까탈스러운 상대로 보였다.

"저들이 타고 있는 것은 뭡니까?"

카라스의 물음에 듀란 용병단의 단장이라고 했던 이가 나섰다.

"전투랩터입니다. 수비대장님!"

"전투랩터라… 공룡이 있다는 말이 사실이었군……."

카라스는 지구에서는 멸종해 버린 공룡이 있다는 것에 흥미를 느꼈다.

그리고 그런 존재가 적들의 탈 것이라는 것에 전투가 어렵겠다는 생각을 갖게 되었다.

'기간트가 왜 필요한지 이제는 알 것 같군.'

달려오는 랩터를 운디네의 눈으로 살펴보니 크기는 4미터가 넘는 길이에 체중은 족히 2톤은 되어 보이는 괴물이었다.

그런 랩터를 타고 달려오는 바바리안은 우람한 근육을 드러내고 손에는 도끼와 창을 든 야만전사의 모습 그대로였다.

'머리가 검다? 피부 역시……'

아무리 이상한 세상이라지만 바바리안들이 황인종의 모습을 하고 있는 것이 당황스러웠다.

솔직한 말로 카라스는 백인의 모습보다 황인의 모습에 더 정겨움을 느끼는 환생자였다.

그런 그에게 저 바바리안을 도륙하고 땅을 차지해야 한다는 것이 과연 옳은 결정인가 하는 생각이 들었다.

'어찌된 세상인지… 참으로 요상하구나……'

카라스는 갑자기 하고 싶지 않은 생각이 들었지만 이곳에선 이상 선택은 더 이상 없다는 것에 이를 앙다물었다.

"저들의 전투방법은 어떻습니까?"

"전투랩터를 탄 자들은 기병이라고 보시면 됩니다. 요새를 돌며 투척무기를 사용하여 공격할 겁니다. 그리고 저들의 뒤쪽에서 오고 있을 매머드가 문젭니다. 그건 기간트가 없으면 절대 막을 수 없습니다."

"기간트라… 요새에는 몇 대의 기간트가 있습니까?"

"용병단마다 두 대 정도씩은 가지고 있습니다. 라이더가 모자란 탓에 그 이상의 기간트가 있어도 소용이 없을 겁니다."

듀란의 대답에 카라스는 라이더의 존재를 잊고 있었다는 것에 인상을 찡그렸다.

'그게 문제였군. 라이더는 단시일에 키울 수 없는 존재일 것인데…….'

별 수 없이 라이더도 키워야 할 상황이 되어버렸다.

그러나 결코 포기할 수 없는 일이기에 반드시 해내겠다는 생각으로 각오를 다졌다.

"끼라라라라라라라라!"

"아라라라라라라라라!"

달려오는 바바리안들의 입에서 터져 나오는 괴성에 카라스는 인상을 써야 했다.

귀를 거북하게 만드는 괴성은 전투의 의지가 가득 담겨 있어 듣는 이의 사기를 꺾는 것이었다.

'가만히 있으면 더욱 기세가 살 것이다. 초장에 기를 꺾어놔야 한다!'

카라스는 기세 싸움에서 밀렸다가는 끝도 없는 도전에 직면하게 될 것임을 알았다.

하여 초전에 강한 힘을 저들에게 보여줄 생각으로 마법 가방을 열었다.

"그것을 쓸 생각이더냐?"

네일은 카라스가 쓰려고 하는 것이 무엇인지 느꼈는지 그리 물었다.

"전투는 기세 싸움입니다. 기세에서 밀리면 실력이 비등해도 지는 것이 전투입니다. 그러니 저들의 기세를 꺾을 필요가 있습니다."

카라스의 말에 네일도 고개를 끄덕이며 동의했다.

그 역시 수많은 전장을 전전했던 사람이었다. 비록 지휘관은 아닐지라도 어깨 너머로 본 전투가 수백 차례가 넘었다.

끼깅! 지이이잉!

카라스의 철태궁이 만작되는 것을 본 듀란을 비롯한 용병단의 단장들과 병사들은 코웃음을 쳤다.

괴성을 지르며 요새 주위를 돌고 있는 바바리안들은 족히 400미터는 넘게 떨어진 지점에서 빙빙 돌기만 했다.

그런 그들을 활로 쏘아서 맞춘다는 것은 있을 수도 없다는 반응들이었다.

'훗! 어디 한 번 지켜보아라. 세상이 다 너희들의 상식으로 돌아가는 것은 아님을 보여주마!'

카라스는 제일 화려한 장식을 하고 있는 바바리안을 노렸다.

깃털이 화려하게 달린 바바리안 특유의 모자를 쓰고 피부에는 적에게 겁을 주기 위한 붉은색으로 물든인 자였다.

4장

접촉

강인한 전사들은 저돌적으로 달리는 전투랩터에 올라탄 채 요새의 주위를 돌았다.

후발대로 오고 있는 매머드가 도착하면 그대로 요새의 목책을 부수고 침략자들을 도륙하리라 굳은 전의를 다졌다.

'미안하지만 죽어줘야겠다!'

어차피 이 땅에 온 이상 침략자가 되어버린 상태였다.

아무리 아니라고 우겨도 그건 변하지 않을 것이었다.

피잉! 쎄에에에에엑!

가공할 스피드로 날아가는 아기살이 바야호족의 전사를

향해 쇄도해 들어갔다.

랩터를 타고 돌던 전사는 뭔가 알 수 없는 이상한 기분에 시선을 요새 쪽으로 틀었다.

퍼걱!

찌릿한 느낌과 함께 뭔가가 박혀드는 것을 느꼈다.

그리고 이어서 밀려드는 지독한 격통에 전사는 자신의 가슴을 내려다보았다.

"크으… 가, 감히……."

말을 제대로 끝내지 못하고 서서히 쓰러지는 전사가 차디찬 바닥으로 추락했다.

그러자 놀란 전사들이 랩터를 멈추며 일제히 그에게 다가왔다.

"엘 나바로!"

"엘! 정신 차리십시오!"

엘은 바야호족을 비롯한 바바리안들이 족장을 부를 때 쓰는 단어였다.

카라스가 쏜 아기살에 당한 자는 바야호족의 족장으로 이번 전투로 침략자들을 몰아내기 위해 왔었다.

그런 그가 화살에 맞고 바닥에 쓰러지자 바바리안들은 분노로 이를 갈아붙였다.

"으윽… 이 정도로 죽지 않는다… 모두… 진정하라."

나바로 족장의 말에 바바리안들의 상급 전사들은 하급 전사들을 진정시키기 위해 사력을 다했다.

"엘! 부상이 심각합니다. 부족으로 돌아가서 치료를 받아야 합니다."

"크으흐… 아, 안 된다. 강철괴물이 없을 때… 저 더러운 침략자들을 몰아내야 한다. 모두 알겠는가?"

고통을 이를 앙다물며 참아가며 상급 전사들에게 공격을 계속해야 한다고 명령했다.

그런 그를 보며 상급 전사들은 울분을 억누르며 대답했다.

"엘의 뜻대로 따르겠나이다."

"침략자들에게 죽음을!"

상급 전사들은 엘의 명령에 따르기 위해 세워둔 전투랩터에 다시 올라탔다.

그리고 한 명의 상급 전사가 나바로를 안아든 채 전장에서 물러섰다.

'계속하겠다는 것인가?'

카라스는 적들의 움직임이 더욱 과격해지는 것에 아랫입술을 깨물었다.

사기가 꺾이기를 바라고 한 짓이 적들의 전투의욕만 더욱 불러일으키는 역할을 한 꼴이 되어버린 셈이었다.

'저들은 진정한 전투부족인가? 우두머리가 당해도 더욱 격하게 불타오르다니.'

이런 상황이라면 생사를 장담할 수 없는 전투를 해야 할 것이었다.

그리고 그 전투에서 이기자면 자신이 가진 모든 역량을 쏟아부어야 했다.

'별 수 없지. 일단은 이기고 봐야 하니.'

카라스는 적들의 움직임이 다시 요새를 향하자 철태궁을 다시 들어 올렸다.

"매머드가 다가옵니다! 매머드가!"

요새의 곳곳에 감시탑이 세워져 있었고 그곳에는 궁수들이 배치되어 있었다.

그들은 적의 접근을 파악하고 알리는 역할을 주로 맡았는데 매머드가 나타난 것에 대경하여 소리를 질렀다.

'매머드라… 어디!'

카라스는 운디네의 눈을 통해 먼 거리에서 접근하고 있는 매머드를 보았다.

20미터가 넘는 거대한 몸체에 오러로도 상처내기 어렵다는 거대한 상아가 강렬한 인상을 주는 매머드의 모습에 압도당할 것 같았다.

'드라켄도 대단한 괴물이었는데 저 매머드도 그에 못지않

구나.'

기간트가 아니라면 상대할 수도 없는 괴물이라는 말이 괜한 것이 아님을 매머드의 실물을 보고 느낄 수 있었다.

쿵! 쿵! 쿵! 쿵!

조금씩 접근해 올 때마다 그 발걸음 소리가 천지를 뒤흔드는 것 같았다.

거목을 보는 것처럼 굵고 단단한 다리로 바닥을 내려치니 땅이 흔들리며 세상을 향해 다 덤벼보라고 소리치는 듯했다.

"바야호족이 작정을 한 모양입니다. 매머드를 5마리나 동원했소이다. 허어… 이것 참…….."

"요새에 있는 기간트로 상대를 할 수 있겠습니까?"

"그것이… 용병단이 소유한 기간트는 모두 12대요. 매머드 한 마리를 상대하기 위해 필요한 기간트가 3대는 있어야 합니다. 그럴 경우 1마리의 매머드는 요새를 공격하게 될 겁니다. 아니면 기간트가 당하고 말 것이니… 문제가 심각하군요."

"차라리 요새를 내주고 다시 본단의 지원을 받아서 수복하는 편이 낫겠습니다. 기간트을 잃을 수는 없는 노릇입니다."

"맞습니다. 그게 낫겠소이다."

기간트를 동원해서 싸울 생각보다는 요새를 버리고 도망갈 생각을 하는 단장들의 모습에 카라스는 이를 앙다물었다.

'리넥스 백작이 과연 지원을 해줄까? 이미 이곳으로 보내면서 4대의 기간트를 헐값에 넘긴 그인데.'

카라스와 용병단을 이곳으로 보내면서 리넥스 백작은 4대의 기간트를 각기 5만 골드라는 금액에 팔았다.

대신 이 요새를 맡아달라고 했기에 덥썩 문 것은 자신이었다.

'과연… 드라켄을 잡은 것처럼 매머드를 처리할 수 있을 것인가… 하아…….'

어떻게든 잡아야 한다.

그렇지 않으면 요새를 잃은 책임을 지고 이후로는 그 어떤 것도 리넥스 백작으로부터 요구할 수 없을 것이다.

잘하면 자신의 목이 달아날 수도 있는 문제가 불거질 수도 있었다.

"그렇다면 매머드 4마리는 상대할 수 있다는 말씀이십니까?"

"그, 그렇소이다."

요새의 가장 강력한 용병단이자 기간트 2기를 소유한 듀란 용병단장은 무슨 뜻으로 그리 묻는지 몰라 머뭇거리며 대답했다.

"한 마리는 스승님과 제가 알아서 처리하겠습니다. 그러니 나머지 4마리의 매머드를 다른 분들이 맡아서 해결해 주십시오."

"네? 아, 아무리 상급의 정령사라시지만 상대는 기간트로 도 해결하기 어려운 매머드란 말입니다."

"제가 알아서 합니다!"

"으음……."

믿을 수 없다는 표정을 지어보이는 듀란과 다른 용병단장 들의 모습에 카라스는 입술을 씰룩였다.

'어찌하는 것이 좋을까… 한 마리 정도는 능히 처리할 수 있다는 것을 보여주어야 하려나?

카라스는 결정을 내린 후 곧바로 스승인 네일에게 말했다.

"스승님, 지난번 드라켄을 잡았을 때처럼 해야 할 거 같습 니다. 가능하시겠습니까?"

"허어… 워낙 대단한 힘을 소유한 놈이라 쉽지는 않을 게 다. 내가 버틸 수 있는 시간이 그리 많지는 않을 것이다."

"5분 안에 끝내지 못한다면 그때는 승산이 없으니 요새를 포기해야 할 겁니다."

"5분이라… 해보자꾸나. 어차피 요새를 포기할 작정이라 니 막지 못하면 퇴각하면 그만이니 말이다."

"네, 부탁드리겠습니다."

요새를 빙 둘러싸고 있는 전투랩터와 바바리안들을 뚫고 빠져나가는 일은 거의 불가능에 가까울 것이었다.

기간트를 소유하고 있는 용병단의 경우에도 주력만을 보호한 채 탈출해야 했다. 나머지 하급의 용병들과 기타 나머지 인원은 꼼짝없이 죽는다고 봐야 했다.

"나의 맹약자, 엔다이론이여 나오라!"

후웅! 스스스스슷!

검을 든 물의 여전사의 모습을 한 엔다이론이 모습을 드러냈다.

상급의 물의 정령이 모습을 드러내자 카라스는 철태궁을 꺼내고 파이어 밤이 장착된 철시를 모두 꺼냈다.

1대에 2골드짜리 철시로 모두 5백발이 넘게 카라스 앞에 쌓였다.

"스승님 제일 앞에 오는 매머드를 타격하도록 하겠습니다. 그리고 용병단의 단장들께서는 스승님과 내가 매머드 한 마리를 잡고 있을 때 나머지 놈들을 맡아주십시오. 아시겠습니까?"

"그럴 수만 있다면… 듀란 용병단은 기간트를 출동시키겠소."

"우리 퍼셀 용병단 역시!"

두 용병단이 찬성하자 나머지 용병단의 단장들은 마지못해 동의하며 기간트를 출동시키기 위해 움직였다.

'후읍… 목표는 가운데 달려오는 매머드… 그리고 놈의 눈!'

매머드가 제 아무리 대단한 괴물이라고 해도 연약한 눈은 어쩔 수 없는 부위였다.

어린아이가 찔러도 상처를 입는 것이 눈이니 그 부위를 집중타격하여 상대한다면 능히 상대할 수 있을 것이었다.

끼릭! 지이이잉!

카라스의 철태궁이 만작되고 시위에 걸린 철시가 부를 떨렸다.

마나가 주입되며 아지랑이 같은 기운이 감싸는 것에 모두는 숨을 죽이며 어떤 공격을 하려는 것인지 지켜보았다.

'반드시 맞춘다… 반드시!'

카라스는 고도의 집중력을 발휘했다.

시간이 멈춘 것처럼 그 어떤 소리도 들리지 않았고 오로지 쏘려고 하는 목표만이 눈에 들어왔다.

'모든 것은 하늘의 뜻에 맡긴다! 가랏!'

카라스는 모든 염원과 의지를 한 대의 철시에 담았다.

그리고 스르륵 손가락의 힘을 풀며 시위를 놓았다.

피양! 쎄에에에엑!

강한 기운이 실린 철시가 그대로 시위를 떠나 허공을 갈랐다.

아기살에 비할 바는 아니지만 마나가 실린 철시는 그에 버금가는 속도로 날아갔다.

쉬익! 퍼걱! 콰아아앙!

매머드의 눈을 뚫고 들어가 박히는 철시가 가공할 화염을 일으키며 폭발을 일으켰다.

눈을 보호하는 뼈에 박힌 탓에 뇌수를 뚫고 들어가지는 못했지만 엄청난 데미지를 매머드에게 주었다.

"오오! 대, 대단합니다."

"매머드가 미쳐 날뛰고 있소이다!"

"으하하! 대단한 신궁이시오."

용병단장들은 카라스의 궁술실력에 혀를 내둘렀다.

이미 한쪽 눈이 완전히 날아간 매머드는 고통을 이기지 못하고 발악을 하듯이 날뛰었다.

붉은 선혈이 흘러내리는 가운데 놈의 발작을 이겨내지 못하고 주위의 바바리안들은 화급히 사방으로 물러서야 했다.

끼아아아아앙!

강렬하고 고통에 찬 포효를 터트리는 매머드는 자신에게 이런 고통을 안겨준 적을 찾았다.

그리고 주술로 이어진 사육사가 가리키는 곳을 쳐다보았다.

'나를 인식한 것인가? 그래… 오너라!'

카라스는 다시 한 대의 철시를 철태궁에 걸었다.

다른 한쪽의 눈마저 멀게 만들면 어떻게 나올 것인지 두고 볼 생각이었다.

끼릭! 피잉! 쎄에에엑!

다시 한 대의 철시가 날아가고 네일의 명령을 받은 엔다이론이 매머드를 막기 위해서 그 뒤를 따랐다.

"어림없는 수작!"

매머드의 등에 올라탄 채 조종하고 있는 사육사는 긴 채찍을 휘둘러 날아오는 철시를 막아려 했다.

독사의 혀처럼 꿈틀거리며 움직이는 채찍이 매머드의 눈앞에 도달한 철시를 후려쳐갔다.

휘릭! 콰아앙!

눈에 격중되지 못하고 중간에 터져나가는 파이어 밤이 달린 철시를 보며 카라스는 사육사를 먼저 제거해야 한다고 여겼다.

"사육사는 나에게 맡기고 매머드를 노리거라!"

"아! 알겠습니다."

엔다이론이 사육사를 제거하기 위해 움직이고 카라스는 곧바로 철시를 만작한 후 날렸다.

퍼걱! 콰아앙!

매머드의 눈에 그대로 박혀 들어가며 터져버린 철시로 인해서 완전히 눈이 멀어버렸다.

고통과 눈이 안 보인다는 것에서 오는 공포, 그리고 자신을 이렇게 만든 인간에 대한 증오와 분노가 한 번에 폭발했다.

매머드는 사육사마저 엔다이론에 의해서 죽어나가자 그대로 잠재되어 있던 흉성을 터뜨리며 주변의 모든 것을 공격해 들어갔다.

"오오! 매머드가 제거되었소이다!"

듀란 용병단장은 카라스의 신기에 가까운 궁술에 환호성을 터뜨렸다.

이런 식의 싸움이 가능하다면 바바리안이 쳐들어온다고 해도 얼마든지 막아낼 수 있을 것이었다.

'죽여야 한다. 그게 최소한의 예의다.'

카라스는 자신에 의해서 버서커가 걸려버린 매머드를 향해 다시 철태궁을 겨눴다.

이전과는 다르게 3발의 철시가 시위에 걸렸고 그때부터 무차별 공격을 가했다.

끼릭! 피핑! 끼끽! 피피핑!

한 호흡을 쉬는 동안 도합 4번의 사격이 이루어졌다.

총 12발의 철시가 매머드의 몸에 박혀 들어가고 곧바로 폭발하며 어마어마한 데미지를 매머드에게 가했다.

"끼라라라라! 바야호의 전사들이여! 돌격하라!"

"돌격! 돌격이다! 아라라라라라!"

매머드들이 카라스의 궁술에 의해서 한 마리가 죽어나가

고 나머지들은 기간트에 의해서 막힌 상태가 되자 바바리안 전사들은 돌격을 감행했다.

매머드로 목책을 부수고 난 후에 돌격을 하려던 것에서 벗어나 엘이 저격당한 분노를 고스란히 드러내며 달려든 것이었다.

"모두 준비하라! 궁병, 사격 준비!"

새롭게 온 카라스를 대신하여 기존에 병사들을 지휘하던 백인대장이 명령을 내렸다.

요새의 목책 위에 올라있는 병사들과 용병단의 단원들은 바짝 긴장한 채 밀려드는 3천의 바바리안 전사들을 두 눈 부릅뜨고 노려보았다.

'드디어 오는가······.'

카라스는 바바리안 전사들에게 함부로 쳐들어 올 만한 곳이 아님을 확실하게 보여주기를 원했다.

그렇기에 1대에 2골드나 하는 철시를 용병단의 단원들에게 나눠준 것이었다.

"제이크 용병단은 철시 사용을 허락한다!"

"와아! 철시를 사용하라!"

용병단의 외침에 기존의 용병들과 병사들은 깜짝 놀랐다.

철시가 무엇이기에 저렇게 함성을 내지르는 것인지 알지 못했기 때문이었다.

몇몇 눈치 빠른 이들은 그 철시라는 것이 카라스가 매머드를 잡을 때 사용했던 그 화살이 아닌가 생각했을 뿐 입 밖으로 꺼내지는 않았다.

"아낌없이 사용하라! 바바리안들에게 다시는 이곳을 범접하지 못하도록 뼛속까지 각인시켜야 한다. 발사!"

"쏴라! 한 놈도 남기지 말고 도륙하라!"

게일이 카라스의 명령을 받아서 외치자 21명의 궁병들은 카라스가 나눠준 철태궁의 다운그레이드 버전을 들고 철시를 시위에 걸었다.

피피피피피피피피핑!

도합 24발의 철시가 돌격해 들어오는 바바리안들을 향해 날아갔다.

넓게 퍼지도록 대오를 갖춘 탓에 한곳으로 집중되는 것은 하나도 없었다.

"피해라!"

"어림없는… 헉!"

콰앙! 콰콰콰콰콰쾅!

철시가 박혀든 곳은 어김없이 직격 10미터 정도가 화염에 휩싸이며 폭발했다.

아무리 전투랩터가 대단한 방어력을 소유한 몬스터라지만 그 화염의 폭발에 무사할 수는 없었다.

그러니 피류으로 이루어진 인간의 몸을 지닌 바바리안들은 그대로 폭발에 휘말려 날아가는 신세가 되고 말았다.

"크아악!"

"신의 저주를 받을 것이다… 커헉!"

바바리안들은 지금껏 경험해보지 못했던 철시의 폭발에 대책 없이 죽어나갔다.

아무리 전투랩터를 타고 빠르게 돌격한다고 해도 요새의 앞쪽은 해자가 만들어져 있어서 쉽게 넘어서지 못했다.

그렇게 막혀 있는 동안 여지없이 날아드는 철시와 뒤이은 화염의 폭발은 한 번에 수십 명이 넘는 전사들을 죽음으로 몰아갔다.

"나이트 제이크! 그 철시를 좀 나눠주셨으면 합니다. 우리 측 궁수들까지 가세한다면 적들에게 괴멸적인 타격을 가할 수 있습니다!"

듀란은 제이크가 가진 철시를 욕심냈다.

기간트가 없어도 저 철시만 있다면 바바리안들을 충분히 공략할 수 있다는 생각이 든 것이다.

그런 까닭으로 몰래 빼돌리기 위해서 자신들도 철시로 공격하겠다는 뜻을 밝혔다.

"미안하오만 저 철시는 우리 제이크 용병단의 비밀병기요. 지금도 충분히 바바리안들을 막을 수 있을 듯하니 거절하겠소."

"하지만……."

"싸움에 집중하시오! 합!"

끼릭! 피피핑! 끼릭! 피피핑!

말을 하면서도 엄청난 속사로 바바리안들을 공격하는 카라스로 인해서 요새의 앞까지 도달했던 자들은 거의 죽음을 맞이해야 했다.

거의 화염의 지옥이라고 불러야 할 정도로 거센 마법의 화염이 타오르고 있었기에 더 이상의 접근도 어려웠다.

"으으……."

"퇴, 퇴각해야 합니다."

"이대로는 전멸입니다, 퇴각합시다!"

아무리 용맹한 전사들이라고 해도 1천여 명이 넘는 전사들이 죽어나가고 그 자리에서 맹렬한 기세로 타오르고 있는 마법의 화염에는 속수무책이었다.

"으득… 혼 카리키님을 모셔왔어야 했는데… 내 책임이다……."

고통스런 와중에도 전장을 지켜보던 엘 나바로는 이를 악물었다. 두 눈에 맺히는 분노의 눈물과 처참하게 죽어나간 전사들의 복수를 해줄 수 없는 자신의 처지에 대한 억울함으로 얼굴의 모든 핏줄이 곤두섰다.

"퇴각하라."

"예, 엘 나바로!"

빠앙! 빠앙! 빠앙!

괴상하게 생긴 나팔을 불어 퇴각 신호를 울리자 화염의 벽을 뚫지 못하고 우왕좌왕하던 바바리안 전사들이 그대로 랩터를 돌려 퇴각하기 시작했다.

그러자 기간트들의 집중공격을 받으며 간신히 버티고 있던 매머드들도 물러서야 했다.

"이… 이겼다!"

"와아아아! 승리했다!"

병사들과 용병들은 이 믿어지지 않는 대승에 환호를 울리며 서로 얼싸안고 기쁨을 만끽했다.

그러나 승리를 거뒀음에도 카라스의 얼굴은 그리 기뻐하는 표정이 아니었다.

'후우… 이제 남은 파이어 밤은 고작해서 500여 발 정도… 얼마나 버틸 수 있을는지.'

최대한 파이어 밤 스크롤을 끌어 모아왔지만 그 수량에는 한계가 있었다.

자살용 마법스크롤을 많이 만들어 둘 이유가 없었고 새롭게 주문을 하기에는 그 용도가 알려질 우려가 있었다.

하여 재고만 모두 사온 것인데 이번 싸움에서 남아 있던 철시의 반이 넘게 소모한 것이었다.

"당신은… 레이디 헬렌이 여긴 어쩐 일이십니까?"

카라스는 전투의 뒤처리를 하던 중에 등장한 헬렌을 보고 깜짝 놀랐다.

리넥스가의 기사와 함께 나타난 그녀는 묘한 미소를 머금은 채 다가와서 뭔가를 내밀었다.

"받으세요."

"응? 잠시만……."

카라스는 그녀가 내민 서류를 받아 펼쳤다.

안에는 카라스가 요구했던 기간트와 마법사를 보낸다는 내용이 적혀 있었다.

"레이디 헬렌이 이 요새로 파견 나오신 겁니까?"

"네, 제가 자원했어요."

"……."

카라스는 헬렌의 얼굴을 빤히 쳐다보았다.

왜 이 요새로 자원해서 파견 나왔는지 그렇게 묻는 거였다.

"흥! 레이디의 얼굴을 빤히 쳐다보는 건 실례에요."

"미안합니다. 하지만 당신이 이곳에 온 이유가 궁금해서 말입니다. 대답을 해주시겠습니까?"

"그건……."

말을 잇지 못하고 우물쭈물하는 헬렌을 보며 카라스가 약간은 쌀쌀맞은 어투로 말했다.

"이곳은 생사를 장담할 수 없는 곳입니다. 그리고 내가 원하는 물건들을 만들어야 하기에 무척이나 힘든 곳이기도 하죠. 그래도 이곳에 오시겠습니까?"

"네. 그렇게 하고 싶어요. 그리고 전 나이트 제이크님에게 묻고 싶은 것이 많거든요. 꼭 할래요."

"으음……."

헬렌이 이곳에 자원한 이유는 아무래도 지난번에 간단한 것을 말해준 것에 기인한 것 같았다.

'이대로 돌아갈 거 같지는 않고… 지난번 아티팩트를 만든 것을 보면 실력이 없는 것은 아닐 거고… 그래, 그게 좋겠군!'

카라스는 헬렌이라는 눈앞의 여마법사가 그리 탐탁하게 여기지 않았다.

남성우월주의는 아니지만 여자는 모든 면에서 다루기 어렵다는 것이 그 이유였다.

"무척이나 힘들 겁니다. 이 요새에 필요한 것을 만들기 위해서 며칠을 밤새워 일을 해야 할지도 모르구요. 그래도 좋다면 받아들이겠습니다. 단!"

"단… 조건이 있나요?"

"맞습니다. 일을 태만하게 할 경우 언제라도 교체할 수 있다는 것을 계약조건에 넣겠습니다. 동의하십니까?"

"물론이죠. 그 정도는 당연한 거니까요. 호호호!"

헬렌은 마탑에 의해서 신대륙으로 파견 나온 것이었다.

그녀의 할아버지가 장로로서 파견 마법사들을 총괄하는 탓에 편안한 후방에서 유유자적한 생활을 했었다.

언제나 그것이 마음에 걸렸고 다른 동료들의 눈치를 보는 것이 싫었다.

해서 이번에 카라스가 마법사를 파견 보내 달라고 한 것을 알고 바로 지원하여 달려온 거였다.

"한 가지만 더 묻고 계약서 쓰죠. 클래스가 어떻게 됩니까?"

"4클래스 마스터에요."

"네? 그 나이에요?"

헬렌의 말이 사실이라면 상당한 재원이 아니라 천재라고 해도 될 정도의 인재였다.

20살 정도로 보이는 헬렌이 4클래스를 마스터한 마법사라니 좀처럼 믿겨지지 않았다.

'저 수다쟁이가 4클래스라고? 허어… 이걸 믿어야 해 말아야 해?'

하지만 마탑의 장로의 손녀인 헬렌을 의심하는 발언은 할 수 없었다.

자칫 마탑에서 어깃장을 놓는다면 이 땅에서 마법사는 다시는 구경조차 하기 어려워질 것이 분명했다.

"흠… 좋습니다. 원하는 대우를 말씀하시죠. 3클래스의 마법사에 대한 대우만 준비했으니 4클래스라면 대우가 달라져야 할 테니까요."

"연구실이 필요해요. 그리고 마법 연구에 필요한 금전적인 지원도 해줘야 하구요. 그리고 또… 음… 이게 가장 중요한 건데 이야기할게요. 제인에게 들으니 기간트를 구입하셨다면서요?"

"맞소. 용병단에 꼭 필요한 것이니까."

"기간트를 뜯어보고 싶어요."

"네? 기간트를 뜯어보고 싶다는 말이 정말이요?"

"물론이에요. 기간트를 만드는 매카닉이 되고 싶었거든요. 그래서 인챈트를 연구한 거구요."

"아… 그렇군요."

매카닉은 기간트를 설계하고 만드는 마법사를 의미한다.

그래서 그들은 기간트가 망가졌을 때도 수리를 해낼 수 있었다.

'어차피 4대를 샀다. 지금은 라이더가 없어서 운용도 못하는 고철덩어리 이상의 의미는 없다. 그렇다면……'

투자를 할 때는 과감하게 해야 한다. 과감한 투자가 결실을 맺는다면 지금보다는 훨씬 더 나은 미래가 펼쳐질 것이었다.

"그렇다면 나도 조건이 있습니다."

"또요? 기간트를 분해하고 싶다면 그리해도 좋습니다. 대신 앞으로 5년간은 우리 용병단을 위해서 일 해줘야겠습니다."

"네? 5년이요? 움… 우움… 할게요. 대신 분해해서 망가져도 제 책임은 아니에요."

대당 5만 골드에 샀다고 해도 본래의 가격은 7만 골드를 호가하는 것이 기간트였다.

그런 것을 분해해서 망가뜨릴 생각을 하고 있다는 것 자체가 골치를 아프게 했다.

'하지만 재능이 있는 인재를 수중에 넣을 수 있다. 물론 인재가 아니라 진정한 재앙이 될 수도 있겠지만……'

카라스는 선택의 순간에서 헬렌을 고용하는 것으로 결정했다.

그 엄청난 조건을 모두 수용한 것은 자신이 감내할 수 있는 범위이니 잘못 되어도 눈을 탓하면 그만이었다.

"저기가 엘 카이서스 산맥입니다."

엘 카이서스 산맥은 신대륙의 동부지역에 동북에서 남서

로 길게 뻗어 있는 거대한 산맥이었다.

길이만 장장 1천킬로미터에 이를 정도로 길고 가장 높은 산은 해발 5천 미터에 이를 정도의 산맥이었다.

하여 바바리안들은 그 산맥을 신이 만들었다는 의미에서 엘을 앞에 붙이고 카이서스라 불렀다.

"엄청나군요."

카라스는 광대하게 펼쳐진 카이서스 산맥을 보며 압도당하는 기분이었다.

인간이 넘어설 수 없는 그 장엄하고 위대하기까지 한 풍경은 그저 입이 헤벌어지게 만들었다.

"저 산맥의 좌측이 나바호족의 영역입니다. 우리 개척단이 반드시 점령해야 할 곳이죠."

듀란 용병단장이 가리킨 쪽에 수도 없이 많은 천막 같은 것이 세워져 있었다.

너무 먼 거리인 탓에 천막인지도 모를 뻔했지만 운디네가 보여주는 것이기에 간신히 알아챌 수 있을 정도는 되었다.

'저건… 매머드다!'

천막은 잘 안보여도 워낙 거대한 매머드의 모습은 확실하게 파악할 수 있었다.

지난 싸움에서 2마리의 매머드를 잃은 나바호족은 이제 3마리의 매머드가 남아 있었다.

그리고 수천 마리나 되는 전투랩터들을 방목해서 키우고 있는 것이 인상적이었다.

'도대체 저 랩터들을 어떻게 먹여 살리는 거지? 한 마리의 무게가 2톤만 잡아도 하루 먹는 고기의 양이 어마어마할 것인데.'

나바호족이 랩터를 먹여 살리는 것이 아니라면 저 엄청난 랩터들의 입을 어떻게 채워줄까에 대한 의문이 들었다.

"혹시 저 랩터들을 어떻게 먹여살리는지 아십니까?"

"간단합니다. 수십만 마리가 넘는 버팔로들을 저들이 키우고 있습니다."

"아… 그렇군요."

전사들은 싸움을 하고 전사가 되지 못한 남자들은 그 버팔로를 키우는 일을 맡는다.

여자들이라고 해도 전사 뺨치는 여자들이 많은 바바리안들은 상당수의 여자들이 그 일을 돕고 있었다.

"혹 요새에 바야호족의 포로들이 있습니까?"

"물론입니다. 남자들은 죽음을 불사하고 싸우지만 여자들은 좀 다르거든요."

"여자들은 조금 다르다니… 그건 무슨 뜻입니까?"

"그것이 바바리안 여인들은 남자에게 종속되는 존재입니다. 따라서 남편이 죽고 취한 다른 남자에게 복종합니다. 그게 침략자라고 하더라도 말입니다."

"음… 이유가 있습니까?"

"저들은 약탈혼을 하는 무리들입니다. 강한 자가 여인과 재산을 취하는 것을 당연하게 여기죠. 그런 관습 속에서 살아온 탓에 바바리안 여인들은 강한 자에게 복속되는 것을 받아들입니다."

"그렇군요……."

원시부족에서 찾아볼 수 있는 관습이었다.

그 옛날에는 지구에서도 마찬가지로 강한 자가 여러 명의 부인을 거느렸고 약한 자는 도태되는 사회였다.

유전적으로 더 좋은 우성인자를 후세에 전하기 위해서라는 설도 있지만 그것은 많이 배운 사람들이 배운 티 팍팍 내기 위해 한 말일 뿐이다.

실제로는 힘센 놈이 왕인 약육강식의 시대이기에 그런 것이었다.

'일단 저들의 언어를 배워야 한다. 그래야 협상을 하든 할 수 있다.'

언어의 중요성은 그 무엇보다 잘 알고 있었다. 언어가 통하지 않으면 미묘한 어휘전달이 틀려도 싸움이 일어날 수 있는 문제였다.

그것을 해결하려면 필히 저들 바바리안의 언어를 배워야

했다.

"돌아갑시다. 바야호족의 여인들이 잡혀 있다니 그들을 보고 싶군요."

"그렇게 하시죠."

카라스는 듀란과 100여 명의 정찰대를 이끌고 요새로 돌아왔다.

지난 전투 때문에 바야호족은 많은 수의 전사를 잃은 탓인지 별다른 대응을 하지 않고 지켜보기만 했다.

5장

야 할라

  요새로 돌아온 카라스는 2천에 달하는 개척단 소속의 병사들과 용병들이 머무르는 숙소 지역으로 향했다.

  남자들만 우글거리는 곳에는 꽤 많은 여인들의 모습이 눈에 띄었는데 절반 정도는 가죽으로 만들어진 바바리안의 의상을 입고 있었다.

  '제법 많은데? 저들이 전부 포로로 잡혀온 뒤 용병들에게 약탈혼을 당한 여인들인가?'

  약탈혼은 말이 좋아 혼인이지 여인의 의사와는 전혀 무관한 폭력의 산물이었다.

그런 것을 당연하게 허락한 개척단의 단장인 리넥스 백작의 사고방식이 궁금해졌다.

'개자식들……'

솔직한 이야기로 바바리안 여인들이 어떻게 되든 크게 상관없었다.

하지만 전생의 기억 때문인지 여인은 보호받아야 할 대상이고, 세상 모든 인류의 어머니가 될 존재였다.

그런 존재를 저렇게 성욕을 풀기 위한 폭력의 대상으로 보고 있다는 것이 화가 난 것이다.

"자! 갓 잡아 온 바야호족의 소녀입니다. 지금부터 경매하겠습니다! 최하 금액 10골드부터 시작합니다."

"꺄악!"

경매를 시작한다고 소리친 후 사내는 경매대 위에 올라와 있는 소녀의 가죽옷을 거칠게 잡아 뜯었다.

속에는 아무것도 입지 않았는지 소녀는 눈물을 그렁그렁 맺힌 눈으로 치부를 가린 채 고개를 숙였다.

"보십시오. 아직 남자를 알지 못하는 처녀이고 이 풍만한 가슴과 엉덩이를 보면 최상급임을 알 수 있을 겁니다."

"10골드!"

"호호! 10골드 나왔습니다. 더 부르실 분 없습니까?"

사내는 그렇게 말하며 노골적으로 소녀의 치부를 모두가

볼 수 있도록 두 팔을 뒤로 잡아챘다.

"아악!"

소녀는 어떻게든 저항하려고 했지만 거친 용병의 우악스런 힘을 이겨내지는 못했다.

이제 겨우 16살 정도나 됐을까 싶은 소녀의 모습에 카라스는 자신도 모르게 주먹을 말아 쥐었다.

"이 자식들이……."

카라스가 나서려고 하자 듀란은 고개를 저으며 말렸다.

"정당한 권리를 행사하는 겁니다. 만약 저 경매를 막는다면 이 요새에 있을 용병단은 없을 겁니다."

"으득……."

용병단은 개척을 위해서 온 것이 아니라 돈을 벌기 위해서 온 자들이었다.

그러니 그들이 돈을 벌 수 있는 방법을 방해한다면 그들은 다른 곳으로 떠날 것이다.

그것이 가장 쉬운 반발이었고 큰 반발이 일어나게 되면 모든 용병단이 담합하여 카라스를 공격하는 일이 벌어질지도 모를 일이었다.

'지들의 누이가 저런 꼴을 당해도 저렇게 희희낙락할 수 있겠는가! 어찌 저들을 인간이라 할까!'

카라스는 자신이 그리 선한 인간은 아니란 것을 안다.

그럼에도 저런 행태에 분노하고 있는데 이 세상에는 선한 인간은 존재하지 않는 것은 아닌지 의심스러웠다.

강제로 빼앗고 약탈하는 것을 개척이라 표현하고 평화롭게 잘 살고 있는 이들에게 문명화시킨다는 허울로 살인을 위대한 행위로 감추고 있지 않은가.

"12골드!"

"오! 12골드 나왔습니다. 정말 이 바바리안 소녀를 사신다면 탁월한 선택이 될 겁니다. 듣자 하니 바바리안 여인들이 그렇게 잠자리에서 훌륭하다고 하니 말입니다. 아주 죽인다고 하더라구요. 하하하!"

음담패설을 아주 자연스럽게 늘어놓으며 남자들의 성욕을 부채질했다.

그 결과로 인해 아리따운 소녀의 용모에 혹한 자들이 지갑을 열었다.

"15골드 내겠소."

"난 20골드!"

가격은 계속해서 상승했다.

용병들이 이곳에서 목숨을 걸고 벌어들이는 수입은 한 달에 10골드 남짓, 몇 개월치 돈에 해당하는 금액이었다.

"30골드!"

카라스는 막을 수 없다면 처음으로 보는 저 바바리안 소녀를 돈으로라도 구하고 싶었다.

해서 30골드를 부르자 모든 사람들의 이목이 카라스에게 쏠렸다.

"잉? 저 사람은……."

"나이트 제이크잖아. 지난번에 매머드를 활로 죽인 그분 말이야."

"나도 알지. 저분 얼굴을 모르는 사람들도 있겠어? 그냥 저분은 부인이 있는 걸로 아는데 바바리안 소녀를 살리고 해서 말이야."

"흐흐! 한창 때잖아. 혈기왕성한 청춘인데 여자 하나가지고 되겠나. 그리고 저 소녀가 예쁘기는 하잖아."

사람들이 나누는 대화가 고스란히 카라스의 귀에 들어왔다.

하지만 아무런 말도 하지 않은 채 경매대 위의 남자만 쳐다보았다.

"3, 30골드 나왔습니다. 더 부르실 분 없습니까?"

카라스가 나선 이후로 용병들은 더 이상 참가하지 않았다.

기사이자 매머드를 활로 죽일 수 있는 실력을 가진 자, 그리고 그로 인해서 목숨을 건진 자들이 양보한 것이었다.

"30골드에 낙찰되었습니다. 바로 인수하시겠습니까, 나이트 제이크!"

"그렇게 하지. 여기 있네."

카라스는 주머니에서 30골드를 꺼내 사내에게 내밀었다. 그러자 사내는 벌거벗고 있는 소녀를 단 위에서 끌어내려 카라스의 앞으로 데려왔다.

"여기 있습니다요. 헤헤헤!"

사내는 수비대장을 맡고 있는 카라스에게 아부라도 하듯이 손을 싹싹 비비며 소녀를 건넸다.

"수고하게."

뒤로도 더 많은 여인들이 있었다. 갓 태어난 아기를 안고 있는 바바리안 여인도 있었지만 그들을 다 구해줄 수는 없었다.

이빨을 앙다문 카라스는 메고 있는 망토를 풀어 소녀에게 둘러 주었다.

두려움에 떨고 있던 소녀는 젊고 잘 생긴 카라스가 망토를 둘러주자 눈물을 멈추고 고개를 숙였다.

"가자!"

말이 통할지는 알 수 없지만 일단 행동으로 보여줄 수밖에 없을 것 같았다.

손짓을 하자 소녀는 조심스럽게 카라스를 따라 걸었다.

"남편니임~"

관사는 2층의 목조건물이었고 바바리안 소녀를 데리고 들어가자 당장에 릴리아가 달려 나왔다.

눈에 뭔가 불길이 타오르는 듯한 그녀의 모습과 음성에 카라스는 쓰디쓴 웃음을 흘려야 했다.

"후후… 릴리아가 생각하는 것이 아니니 오해하지 말았으면 좋겠군."

"나도 알아요. 우리 남편님이 결코 여자를 품고 싶어서 그런 것은 아니라는 것을요."

"풋! 그건 또 무슨 소리야?"

"당연한 거예요. 각방을 쓰기는 하지만 언제든 제 침대에 들어올 수 있잖아요. 그런데도 안 들어오는 것을 보면 아직은 여자에 대해서 관심이 없다는 거잖아요."

"그런가? 뭐 릴리아가 원한다면 오늘 당장에라도 침대에 들어가 줄 수 있는데 말이야."

"정말요? 그럼 당장 목욕이라도 해야겠네요. 오늘 밤에 오실 거예요? 네? 네?"

릴리아가 새초롬한 표정으로 따지듯이 묻는 말에 카라스는 두 손을 들어 올렸다.

"항복! 그러니 그만 하자고."

"그래요. 한데 저 아가씨는 왜 데리고 온 거예요?"

뻘쭘하게 서서 두 사람이 말다툼을 하는 것을 지켜보고 있는 소녀였다.

그녀는 두려움이 사라진 눈으로 카라스와 릴리아를 번갈아보며 자신의 운명이 어떻게 될 것인지 가늠하는 듯했다.

"불쌍해서… 모두를 구해줄 수는 없지만 저 아이라도 구해주고 싶었어. 그뿐이야."

카라스의 얼굴에는 진심이라는 것이 완벽하게 드러나 있었다.

그 말을 들은 릴리아는 카라스를 안아주고 싶었지만 결코 겉으로 드러내지 않았다.

"잘했어요. 하지만 다음부터는 나한테도 이야기를 해줘요. 알았죠?"

"그렇게 할게."

카라스의 대답을 들고 난 후에야 비로서 릴리아는 미소를 지으며 바바리안 소녀에게 시선을 주었다.

"난 릴리아야. 우리 남편님은 제이크고. 릴리아! 제이크!"

자신과 카라스를 번갈아 가리키며 이름을 말했다.

그러자 소녀는 그것이 자신들의 이름을 말하는 것임을 파악하고 조용하게 입을 열었다.

"야 할라… 야 할라……."

다른 말을 해도 알아들을 수 없으니 야 할라라는 자신의 이름만 거듭 이야기했다.

그런 그녀를 보는 카라스는 머리를 긁적이며 릴리아에게 말했다.

"우선 우리 말을 할 줄 아는 바바리안을 구해야겠어. 몇 년 동안 산 여자들도 있을 테니 그들 중에서 고용을 해봐."

"그게 낫겠네요. 그전에 혹시 메이지 헬렌에게 통역 아티 팩트가 있는지 물어보세요. 만약 구할 수 있으면 마나를 다 쓸 때까지는 언어가 통할 거예요."

"아… 그런 게 있었어? 그렇다면 알아봐야지."

"그래요. 일단 저 아가씨 좀 씻겨야겠어요. 조금 냄새가 나는 거 같아서요, 호호호!"

카라스가 보기에 이 세상의 사람들도 안 씻고 더럽기는 마찬가지였다.

그런 사람 중에 하나인 릴리아가 냄새가 난다고 할 정도이니 바바리안들의 위생상태가 대단히 열악하다는 것을 느낄 수 있었다.

"그렇게 해. 난 할 일이 좀 있어서 도로 나가야 하니까 저녁 때 쯤 돌아올 거야."

"그래요? 그럼 어서 가봐요. 저 아가씨는 나에게 맡기고요. 호호!"

정령사가 된 릴리아를 저 바바리안 소녀가 어떻게 할 수는 없을 것이었다.

그리고 마나연공법과 보인 검술도 수련하여 어지간한 용병들에게도 당하지 않을 정도이니 마음 놓고 출타할 수 있었다.

"모든 파악이 끝났습니다."

게일은 그간 요새의 인원과 전투현황 등을 파악하는 임무를 맡았었다.

유이하게 글을 아는 탓에 게일과 제리코가 무척 힘든 시간을 보내야 했었다.

"여기 현황보고서입니다, 단장님!"

아직은 어린 제리코였지만 마나연공법을 익힌 이후로 제법 강한 기운을 흘렸다.

'곧 익스퍼트에 오르겠군.'

어릴 때부터 부단히 검술을 수련해 온 제리코였다.

몰락한 가문을 다시 일으키기 위해서 걸음마를 떼자마자 부친에 의해서 검을 잡은 그였다.

그러다 부친이 죽고 남은 어머니와 동생들을 위해서 용병단에 자신의 실력을 팔겠다고 왔었다.

그래서인지 카라스는 제리코에게 유난히 많은 정이 갔다.

"병사들은 3개 백인대고 모든 병사들은 수비만 담당하는 모양이군."

"그렇습니다. 버튼 백인대장이 선임으로 그가 지휘하고 있습니다."

버튼 백인대장은 카라스도 아는 사람이었다.

지난 전투에서 병사들을 이끌고 부단히 애썼던 기억이 있었다.

"나머지는 12개 용병단이 이곳을 근거로 바야호족과 싸우고 있습니다. 뭐 말이 싸우는 거지 바야호족을 기습하여 작은 부족들을 약탈하는 겁니다만……."

뭔가 불만이 있는 듯한 게일의 말에 카라스 역시 그가 약탈과 살육에 물든 사람이 아님을 떠올렸다.

'꼭 싸워야 하는 것은 아닌데… 어떻게 해서든 죽이고 빼앗으려 하는 것이 문제다. 후우…….'

차마 말을 할 수는 없는 사안이기에 카라스는 그냥 보고서를 넘기며 적혀 있는 것을 읽어 내렸다.

"전투인원은 2,351명이고 기간트가 12대라… 꽤 강한 전력이군요."

"용병단의 전투력은 무척 강한 것으로 전임자가 기재해 놨더군요. 평균 C+급의 실력이고 200명 이상의 B급 용병들이 있습니다."

B급의 용병이라면 익스퍼트 직전의 검사들로 이루어져 있다는 소리였다.

그런 이들이 200명이라면 적어도 기사단은 찜쪄먹을 수 있었다.

거기에 기간트까지 동원한다면 작은 부족은 그냥 가뿐하게 처리할 수 있을 것이니 요새로 잡혀오는 많은 수의 바야호족 여인들의 숫자가 이해되었다.

"야장들의 수는 얼마나 됩니까?"

"총 7명이 있습니다. 용병단에 소속된 자들이 대부분이라 이곳에서는 무기를 구하기가 상당히 어려운 실정입니다."

"음… 그 점은 해결해야 할 문제로군요."

"제 판단으로는 시급하다고 생각합니다. 롱소드 한 자루에 5골드면 상급의 롱 소드를 살 수 있는데 여기서는 10골드를 넘어가니까요."

"그 정도입니까? 훗… 대단하군요."

"그래서인지 야장들을 보유한 용병단의 위세가 대단했습니다."

"그럴 만도 하겠죠. 야장이 없으면 기본적으로 무기 수리도 어려울 것이니."

대장장이의 수를 늘려야 할 이유는 그것 말고도 또 있었다.

이 요새를 기반으로 세력을 키우려면 필히 목책으로 만든 요새가 아닌 돌로 만든 요새가 필요했다.

그러기 위해서 대장장이나 건축에 일가견이 있는 존재의

필요성은 무척이나 컸다.

'어떻게 해야 할까? 사람은 더 필요하고 이곳에서 늘릴 방법은 없는데.'

본국에서라면 얼마든지 사람을 끌어 모을 수 있었다.

마나연공법을 내세워도 되고 돈으로 회유하여 끌어들이는 방법도 있었다.

그러나 이곳은 사람이 전혀 없는 곳이고 온통 적들만 바글바글 거리는 곳이었다.

'결국은 본국을 오가며 사람들을 충원해줄 수 있는 존재가 필요하다는 소리인데.'

오가는데 반년의 시간이 걸리지만 누군가 본국에 자리를 잡고 계속해서 인원을 보내준다면 충분히 생각해 볼 문제였다.

'일단 필요한 것은 돈인가?'

돈을 벌어야 했다.

이곳에서 세력을 키울 수 있는 방법은 그것이 유일했으니 어떻게든 방법을 모색해야 하는 것이었다.

'일단 가지고 온 것들부터 해결해야겠다. 그것만 처분해도 족히 10만 골드는 벌 수 있을 테니.'

마법 가방에 잔뜩 사가지고 온 물건들에 무려 10만 골드가 묶여 있는 상황이었다.

그것을 팔아서 말라버린 주머니를 채울 필요가 있었다.

"그건 그렇고 이곳에도 장사를 하는 사람은 있을 거 같은데 그건 어떻게 됐죠?"

"리넥스 백작의 어용상단이 12개 요새를 모두 커버하고 있었습니다. 식량부터 시작하여 생필품까지 모두 판매합니다."

"그 상단의 행수를 만나볼 수 있도록 조치하세요. 가지고 온 물건을 팔아야 할 테니까요."

"알겠습니다. 바로 준비하도록 하겠습니다."

카라스는 몇 가지 더 알아야 할 것들을 묻거나 이해한 후에 약식 회의를 마쳤다.

이제부터는 몸으로 직접 뛰어야 할 일만 남아 있었다.

"네? 그걸 만들라는 말인가요?"

"물론입니다. 우리 용병단에서 가장 시급한 것이 바로 그거니까요."

카라스는 놀란 눈을 동그랗게 뜨고 있는 헬렌에게 마법 가방 하나를 건넸다.

"이건……."

"마법가루를 비롯한 재료들입니다. 그것이 있어야 만들 거 아닙니까."

"그건 그런데… 왜 자살용 스크롤이 필요한 건가요? 이유를 알기 전에는 만들 수 없어요."

파이어 밤을 만들라는 주문에 헬렌이 극구 꺼려하며 이유를 물었다.

"지난 전투에 대해서 들었습니까?"

"지난 전투요? 네… 매머드를 나이트 제이크께서 잡으셨다고 들었어요. 강철로 만든 화살을 날리면 그게 폭발하면서… 어머! 설마 파이어 밤이 재료인 거예요?"

헬렌은 자살용 마법스크롤인 파이어 밤을 가지고 매머드를 사냥하는 무기를 만들었다는 것에 깜짝 놀랐다.

"맞습니다. 화살촉의 연결부위를 날카로운 칼날처럼 만들고 그 아래에 파이어 밤을 끼워 넣었습니다. 그럼 날아가서 맞는 순간 칼날이 스크롤을 반으로 쪼개죠. 원리는 간단한 겁니다."

"우와… 정말 대단해요. 누구도 그런 식으로 파이어 밤을 사용할 생각을 하지 못했거든요. 헤에… 역시 이곳으로 오기를 잘한 거 같아요."

헬렌은 지난 번 혈액과 관련한 카라스의 말에 충격을 받았었다.

그리고 그 이후로 또 역발상이란 무엇인지 보여주는 것을 들으니 카라스에 대한 호기심이 더욱 크게 자라났다.

"그럼 만들어주리라 믿겠습니다. 하루에 몇 장이나 만들 수 있을까요?"

"우움… 하루에 최대한으로 만들어도 10장 정도에요. 제 마나가 무한한 것은 아니니까요."

마법스크롤은 만드는 마법사의 마나가 저장되어 있는 것이었다.

따라서 마나가 한정되어 있는 마법사들은 하루에 많이 만들어봤자 10여장이 한계라는 의미였다.

'흠… 마법사를 더 모아야 하나? 가장 강력한 무기를 사용할 수 없으면 그것도 문제인데……'

카라스는 화약을 만들 수 있는 방법이라도 전생에 알아뒀으면 얼마나 좋았을까 하는 생각이 간절했다.

"이걸 받으세요."

카라스가 벨트 하나를 내밀자 헬렌의 눈이 크게 치떠졌다.

"정말 저에게 주시는 거예요?"

"아! 소유권을 넘겨주는 것은 아닙니다. 기간트를 해체해 보고 싶다고 했으니 빌려주는 셈치죠."

"헤에! 그래도 정말 고마워요. 할아버지한테 부탁해도 안 들어주셨거든요."

헬렌은 벨트를 들고 이리저리 살펴보며 예리하게 눈을 빛냈다.

"라이더가 필요할 텐데 그건 어떻게 도와줄 방법이 없군요. 라이더를 본국에서 구해서 왔어야 했는데… 쩝!"

카라스는 기간트가 필요할 거라고는 생각조차 하지 못했었다.

당연히 말 타고 싸우는 것 정도로 생각했던 자신의 안일함을 짧게나마 후회했었다.

"그건 제가 해결해 드릴 수 있어요."

"응? 그게 무슨 말입니까? 라이더를 구할 수 있다는 말이 사실입니까?"

"네, 마탑의 지부가 이곳에 있는 건 아시죠?"

"물론입니다. 젠슨님이 지부장을 맡고 있지 않습니까."

"거기에 소속된 라이더 중에 스칼렛이라고 있어요."

스칼렛이라는 여인이 라이더라는 말에 카라스는 의자를 바짝 끌어당기며 헬렌에게 다가갔다.

"그 사람을 스카웃할 수 있다는 겁니까?"

"물론이죠. 제 친구거든요. 이곳에서 제가 이야기를 나눌 수 있는 단 두 명의 친구가운데 하나에요."

"아… 그럼 부탁 좀 하죠. 스칼렛이라는 그 아가씨를 스카웃해 와주셨으면 합니다."

헬렌은 스칼렛이 기간트를 탈 수만 있다면 어디든 갈 거라는 것을 잘 알고 있었다.

정식 라이더이기는 해도 아직까지 기간트를 배정받지 못

한 스페어 라이더였으니 자신만의 기체를 배정받을 수 있다는 것을 알면 당장에라도 달려올 것이었다.

"그녀가 오면 기간트를 배정해 주는 거겠죠?"

"물론입니다. 그리고 라이딩을 가르쳐 주면 추가로 수당을 드릴 겁니다. 부탁합니다."

"헤헤! 맡겨주세요."

헬렌은 자신만만한 표정을 지으며 묘한 미소를 지었다.

카라스는 의외의 상황에 일이 생각보다 잘 풀려나간다고 생각하여 역시 비슷한 미소를 지었다.

"리온상단의 행수인 디케인입니다, 나이트 제이크!"

"반갑소, 제이크요."

상당히 좋은 인상을 소유한 디케인이라는 행수의 등장에 카라스는 묘한 미소를 지으며 악수를 청했다.

"환대해주셔서 감사합니다."

"이쪽으로 앉읍시다."

자리에 착석하자 카라스는 뒤쪽에 서 있는 게일과 제리코 등에게 손짓했다.

"호오! 이것은……."

"맞소. 마법 가방이요."

"대단하시군요. 기간트 4대를 구입하셨다는 소리는 들었지만 이 정도의 재력을 소유하고 있으실 줄은 몰랐습니다."

카라스가 내어놓은 마법 가방의 수는 모두 100개였다.

모두 포트 로얄의 블랙마켓에서 산 것으로 2입방미터의 공간확장 마법과 무게감소 마법이 걸린 것들이었다.

"헌데 이것들을 보여주시는 이유를 알 수 있겠습니까?"

"우선 이것들을 확인해 주시오. 오픈!"

카라스는 마법 가방을 열어 그 안에 들어 있는 물건을 꺼냈다.

제일 첫 번째 가방에서 나온 것은 신대륙에서는 찾아보기 어려운 리큐르라는 증류주였다.

"아방스산 리큐르요. 200상자일 것이요."

"오! 리큐르를 여기서 보게 되다니… 상품의 리큐르가 맞습니다."

"그리고 이건 소금인데. 레돈산의 암염으로 고급품이라고 들었소."

소금을 구하는 방법은 무척이나 어려운 것에 속했다.

암염을 채취하는 것이 제일 흔한 방법이지만 산에서 캐는 것이기에 그 단가가 무척이나 높았다.

'아! 맞다… 소금은 만드는 방법이 그리 어렵지 않은데.'

염전을 만들어도 되고 물의 정령을 사용해서 물을 빼내버리고 소금만 채취해도 될 것이었다.

'운디네를 이용한다면… 충분히 효과를 보일 수 있는 방법인데… 역시 장사꾼 체질은 아닌 모양이야.'

돈 버는 방법을 이제야 생각해낸 것에 카라스는 자신도 모르게 고개를 가로저었다.

"네? 무슨 맘에 안드는 것이라도 있으십니까?"

"아니요. 내 잠시 다른 생각을 좀 했소. 물건을 모두 확인해 보시오."

"알겠습니다."

디케인 행수는 마법 가방에서 쏟아져 나오는 물건들을 보고 눈이 휘둥그래졌다.

하나같이 이 신대륙에서는 찾아보기 어려운 물건이었고 본국에서보다 족히 4배는 더 비싼 가격에 팔 수 있는 것들이었다.

"모두 제가 구매하도록 하겠습니다. 얼마를 생각하십니까?"

"저 물건들은 총 10만 골드에 사왔소. 그러니 두 배를 내시오."

"두 배나 말씀이십니까? 하지만 그건… 나이트 제이크께서도 생각을 해보십시오. 지금 신대륙 개척단으로 온 사람들의 수는 전부 합해도 5만에 불과합니다. 그 사람들이 저 물건들을 모두 살 거라고 생각하십니까?"

5만에 불과하다지만 디케인이 빼놓고 이야기하지 않은 부분이 있었다.

"하지만 모두 돈은 두둑하게 가지고 있지. 언제 죽을지 모르는 자들이 그 돈을 흥청망청 쓴다는 것은 행수도 알거라 믿겠소."

"그건……."

카라스가 핵심을 짚으며 압박하자 디케인 행수의 얼굴이 약간 상기되어갔다.

"어떻게 하시겠소?"

"하지만 그렇다고 해도 두 배는 너무 액수가 큽니다. 50% 더 쳐드리겠습니다. 이곳에서 우리 상단을 제외하고는 저 물건을 처분할 수 없다는 것을 생각해 주십시오."

"그래요? 뭐 그럼 좋소이다. 나는 저 물건들을 가지고 프랑크 왕국의 영역으로 들어가서 팔고 올테니 그렇게 아시오."

"제이크 경! 그, 그것은……."

"더 많은 돈을 벌 수 있다면야 위험쯤은 얼마든지 감수해야겠지. 그리고 상인은 돈만 벌 수 있다면 적아를 구분하지 않는다고 들었소. 그들이 상인이라면 말이 통하겠지."

카라스는 그렇게 말하며 물건들을 도로 가방 안에 입고시키기 시작했다.

너희들과는 거래 끝이라고 행동으로 보여주는 것에 디케

인 행수는 안절부절하지 못했다.

저 물건을 구입한다면 족히 3배는 더 비싸게 팔 수 있었다.

물론 카라스가 말한 가격에 산다고 해도 2배의 이득을 볼
수 있는 기회였다.

"하아… 좋습니다. 두 배를 쳐드리지요."

"후후! 잘 생각했소."

"바로 여기서 거래를 하시겠습니까?"

"그렇게 합시다."

카라스는 바로 계약을 체결하고 물건을 넘겼다.

판매대금은 리넥스 백작의 보증이 담긴 상단 거래계약을
한 탓에 보름 정도 후에 받기로 했다.

"그런데 디케인 행수."

"하실 말씀이라도 있으십니까?"

"그게 소금이 비싸게 팔리는 거 같은데 그 이유를 알 수 있
겠소?"

"뭐 간단합니다. 소금은 꼭 필요한 것인데 이곳에서는 구
할 수가 없으니까요. 그렇다고 본국에서 실어오자니 그 양이
어마어마해서 배 몇 척을 모두 소금만 실어야 할 판이거든
요."

"아… 그런 이유가 있었군. 답변 고마웠소."

"아닙니다. 이렇게 좋은 거래를 하게 되어 제가 더 영광이

지요. 하하하!'

카라스는 서둘러 디케인 행수를 내보낸 후 곧바로 지도부
터 확인했다.

야크 요새가 있는 곳에서 해안가가 얼마나 떨어져 있는지
확인한 순간 카라스는 얼굴에 미소부터 지었다.

'하루면 충분히 갈 수 있는 거리다. 왕복으로 이틀… 마법
가방으로 나르면 되니 사업성을 충분하다. 문제는 내가 얼마
나 소금을 만들어 낼 수 있는가 하는 것인데…….'

카라스는 운디네가 만들어 낼 수 있는 소금이 얼마나 될지
그것이 궁금하여 당장에라도 달려가고 싶은 마음이었다.

"무슨 좋은 일이라도 있는게냐? 몹시 들떠 보이는데 말이
다."

디케인 행수가 돌아가고 얼마 지나지 않아서 관사에서 명
상만 하던 스승인 네일이 들어왔다.

"아! 가지고 온 물건들을 모두 팔았습니다. 리넥스 백작의
어용상단에서 두 배를 받고 팔았거든요."

"허허허! 대단하구나. 축하한다."

"감사합니다. 그런데 그보다 더 좋은 일이 방금 생겼습니
다."

"응? 무슨 일인데 그리 좋은 일이라고 하는 것이더냐?"

"간단합니다. 소금을 만들 생각이거든요."

카라스의 말에 네일은 무슨 뚱딴지같은 소리인지 몰라 고개를 갸웃거렸다.

"소금을 어떻게 만드는 건지는 아시죠?"

"그야 물론이다. 바닷물을 끓여서 소금결정을 얻어내는 것이지 않더냐."

가장 일반적인 소금을 얻는 방법이었다.

하지만 그 방법은 돈이 많이 들어가는 탓에 소금의 단가가 상당히 높았다.

그리고 결정적으로 그렇게 만든 소금은 암염에 비해서 짜고 맛이 없어서 비싼 값어치와 맞물려 상대적으로 팔리지 않는 단점이 있었다.

"만약 운디네를 이용해서 바닷물을 모두 빼낸다면 어떻게 될 거 같은가요?"

"뭐? 정령을 그런 일에 사용하겠다는 말이더냐!"

처음으로 네일의 입에서 큰 소리가 나왔다. 하지만 카라스는 전혀 주눅 든 기색 없이 대답했다.

"정령은 자연의 근원이 되는 존재라고 알고 있습니다. 그런 정령이 인간에게 꼭 필요한 소금을 만들어 내는 일이라고 해서 꺼려하지는 않을 거라 생각합니다. 그리고 인간에게 조금이라도 더 이롭게 되는 일인데 마다할 이유도 없구요."

"으음……."

네일은 카라스의 말에 잠시 화를 냈던 자신의 생각이 조금은 잘못됐다는 것을 깨달았다.

인간을 이롭게 하는 일이라면 그 무엇보다 정령이 더 좋아할 일이라는 것을 떠올린 것이었다.

"내 목소리를 높여서 미안하구나. 인간을 이롭게 하는 일이라… 그래 정령이라면 결코 마다할 일이 아니지. 암!"

"후후! 감사합니다. 스승님!"

카라스는 네일의 말에 힘을 얻었다.

내일 당장 달려가서 소금을 만드는 일을 해볼 생각을 가졌다.

그렇게라도 해서 돈을 고정적으로 벌 수 있다면 충분히 시간을 투자할 가치가 있었다.

"엘 나바로!"

지난 전투에서 카라스의 편전에 당해 부상을 입었던 바야호족의 족장인 나바로가 랩터를 탄 채 한쪽을 주시하고 있었다.

그런 그에게 전사 하나가 손짓으로 무언가를 가리켰다.

"그놈이다!"

나바로는 자신의 가슴에 씻을 수 없는 상흔을 남겼던 젊은 침략자를 떠올렸다.

그가 지금 바닷가 쪽을 향해서 빠르게 말을 몰아가고 있었다.

"어떻게 할까요?"

"크크크! 추격한다. 침략자 놈들과 떨어지면 그때 목을 벨 것이다!"

"명을 받듭니다, 엘!"

100여 명으로 이루어진 친위 전사들은 일제히 랩터를 몰아 요새를 크게 돌아서 카라스의 뒤를 추격하기 시작했다.

그런 것을 모르는 카라스는 혼자 신이 나서 말을 달려 해안가로 향했다.

6장

여긴 어디?

카라스는 요새를 나온 이후 얼마 지나지 않아서 추격해 오는 무리들이 있음을 느낄 수 있었다.

그리고 그 추격자들이 전에 싸웠던 바야호족의 바바리안 전사들이었고 그 선두에 자신의 편전에 맞고 쓰러졌었던 그들의 족장이 있음을 알았다.

'내가 너무 성급했다. 그리고 혼자 나오는 것이 아니었는데…….'

바닷물을 얼마나 소금으로 만들 수 있는지 알아보기 위해서 급히 나온 길이었다.

그런 탓에 호위 병력을 빼고 홀로 나온 것이 이렇게 추격을 당하게 되는 빌미를 제공한 것이었다.

"끼라라라라라랏!"

"쫓아라! 절대 놓쳐서는 안 된다!"

카라스는 전혀 알아들을 수 없는 고함을 내지르며 맹렬하게 쫓아오는 바야호족 전사들을 일단 피할 생각으로 박차를 가했다.

그러나 점점 거리가 좁혀지고 채 10분도 되지 않아서 잡힐 거라는 것에 이를 앙다물었다.

'기사는 해본 적이 없는데…….'

말을 달리며 활을 쏘는 것은 제자리에 서서 쏘는 것에 비해서 상당히 고난위도의 궁술이었다.

움직이는 것을 맞추는 것도 힘들지만 말을 타고 달리며 자세를 유지하는 것이 무척이나 까다로웠다.

'일단 저놈들이 쉽게 쫓아오지 못하게 만드는 것이 중요하다!'

카라스는 등자에 의지한 채 몸을 반쯤 틀었다.

그리고 철태궁을 들고 쫓아오는 놈들의 제일 선두에 있는 족장을 노렸다.

'제발… 죽어라!'

끼릭! 피잉!

시위가 퉁겨지고 번개처럼 쏘아져 나가는 철시를 보며 습관적으로 다시 시위를 당겼다.

맞든 안 맞든 계속해서 날리다 보면 언젠가 한 발은 맞을 거라는 생각으로 미친 듯이 화살을 날리기 시작했다.

"어림없다! 타앗!"

나바로는 철시가 날아들자 랩터를 조종하여 피해냈다.

엄청난 동체시력과 운동능력을 보여주며 피하고 또다시 날아드는 철시는 커다란 도끼로 쳐내기까지 했다.

그래도 덕분에 랩터의 움직임이 느려지고 추격하는 것에 신중해졌다.

"으득! 저 활만 우리에게 있었어도……."

나바로는 카라스가 가진 활이 무척이나 탐났다.

자신들이 가진 활을 탄성이 좋은 나무에 시위만 걸어서 만든 기초적인 활로 사거리가 50미터도 되지 않았다.

그러니 원거리에서 적을 요격하는 용병들의 상대가 될 수 없었다.

그게 아니라면 근접전에서 무적을 자랑하는 바바리안들이 용병들 따위에게 당할 이유가 없었다.

"리탄!"

"말씀하십시오, 엘!"

"우측으로 크게 돌아 놈을 가로막아라. 랩터의 속도가 더 빠르니 충분히 추월할 수 있을 것이다."

"명을 받듭니다."

리탄은 일족의 전사 스무 명을 거느리고 우측으로 빠져 나
갔다.

그가 맹렬하게 달려가는 것을 보면서도 카라스는 어떻게
할 방법이 없어 그대로 직선으로 달려야 했다.

'아니지… 이대로 가다가는 결국 붙잡히고 만다. 방법은…
방향을 바꿔서 어떻게 하든 요새로 돌아가는 수밖에 없다. 최
악의 경우라면… 프랑크 왕국쪽 요새로 가야 한다.'

카라스는 살기 위해서 필사적으로 머리를 굴렸다.

그리고 말이 속도를 내기 좋은 지형인 내리막길이 나오자
급히 방향을 틀어 북쪽으로 내달렸다.

'지겨운 놈들……'

이제는 장기전으로 돌입한 추격전에 하루 종일 말을 달려
야 했다.

처음에 방향을 틀었던 프랑크 왕국의 개척 요새에서 이제
는 방향이 서쪽으로 틀어지며 요새의 위쪽에서 서쪽으로 달
려가고 있었다.

"끼라라라랏!"

갑작스럽게 터져 나오는 괴성과 함께 앞쪽에 등장한 스무

명의 전사들이 맹렬하게 램터를 몰아 왔다.

'위기다!'

카라스는 자신에게 위기가 닥쳤음을 깨달았다.

전방에서 스무 명의 전사들이 달려오고 뒤에서 바야호족
의 족장이 전사들과 함께 달려왔다.

요새 쪽 방향에서 평행선을 그리며 달려가며 그쪽으로 방
향을 틀지 못하도록 만드는 자들까지 합해서 100여 명이 넘
는 바바리안들에게 포위된 형국이었다.

'여기서 죽을 수는 없다!'

카라스는 앞쪽을 막은 채 마주쳐 오는 자들을 향해 철태궁
을 겨눴다.

지난 전투의 학습효과인지 절대 철시를 막지 않고 쳐내는
그들이지만 꼭 사람을 노릴 이유는 없었다.

"죽어랏!"

카라스는 처음으로 독기품은 말을 터뜨리며 철시를 쏘아
냈다.

죽음의 위기이기에 가지고 있는 모든 파이어 밤이 달려 있
는 철시를 사용할 생각이었다.

퍼억! 콰아아앙!

램터의 두꺼운 근육을 뚫고 들어간 철시가 그대로 폭발했
다.

전사들은 이제는 랩터를 노리고 화살을 날리는 카라스에게 이를 갈았다.

"운디네! 눈에서 나와!"

카라스는 다섯 번의 화살을 날려서 10여 명의 바바리안 전사를 죽인 후에야 운디네를 눈에서 빼냈다.

주인의 위기를 누구보다 잘 알고 있는 운디네는 걱정에 카라스의 얼굴 주위를 빙빙 돌며 명령을 기다렸다.

'정령력이 이제 얼마 남지 않았다. 여기서 정령술을 썼다가는… 그대로 역소환될 것이 분명하다.'

카라스는 최대한 운디네의 힘을 아끼는 방향으로 저들을 돌파해 나갈 생각이었다.

가장 간단한 방법이 심장의 피를 얼리는 것으로 저들을 제거하는 거였다.

물론 바바리안들에게 그 방법이 먹힐지는 의문이지만 그게 안 된다면 랩터에게 쓰는 것도 방법이 될 것이었다.

"운디네! 심장의 피를 얼려!"

후웅! 지지지징!

운디네가 제일 선두에서 달려와 곧 카라스에게 도끼를 휘두를 것으로 보이는 바바리안에게 손을 뻗었다.

"흑!"

갑작스런 고통에 이를 앙다문 바바리안은 심장에서 일어

나는 격통을 참아가며 도끼를 치켜들었다.

'실패인가?'

아마도 바바리안은 뭔가 이상한 힘으로 보호되는 듯했다.

처음의 격통을 느낄 때와는 다르게 몇초가 흐른 뒤에는 다시 원상태로 표정이 돌아왔다.

"운디네 랩터를 노려!"

후웅! 징징! 지잉!

운디네는 카라스의 말에 급히 랩터의 심장을 향해 손을 뻗었다.

빠르게 정령력이 소모되는 것을 느끼는 카라스는 이제 겨우 두어 번이면 운디네가 역소환될 것을 알았다.

키아아앙! 쿠웅! 쿵쿵!

랩터 한 마리가 심장의 피가 얼자 달리는 힘을 이기지 못하고 그대로 쓰러지며 바닥을 굴렀다.

'지금이다!'

카라스는 그 때문에 만들어진 틈을 비집고 들어가 돌파해 나갔다.

쉬잇! 쎄에에엑!

도끼가 휘둘러지고 옆쪽에서 투척공격을 해오는 것에 카라스는 급히 허리를 굽히며 그 공격을 피해냈다.

눈은 잘 보이지 않지만 귀는 그 어떤 때보다 예민하게 파공성을 파악해 낸 것이었다.

"죽어라, 악적!"

랩터에서 신형을 날려 카라스가 달려가는 방향으로 덮쳐 가는 바바리안 전사의 도끼에 붉은 오러가 선명하게 만들어졌다.

이제껏 카라스가 본 그 어떤 검사들보다 빠르고 날카로운, 그리고 맹렬하기까지 한 공격이 고스란히 덮쳐왔다.

'이런!'

카라스는 이대로 말을 타고 달린다면 저 공격을 피하지 못한다는 것을 짧은 시간에 판단했다.

지금 그가 취할 수 있는 유일한 방법은 말을 버리고 뛰어내리거나 랩터를 빼앗아 타는 방법이었다.

그중에서 랩터를 탈취하는 것은 지난번 전투를 통해서 절대 해서는 안 될 방법임을 알고 있었다.

'말을 버린다!'

카라스는 그 짧은 시간에 판단을 내리고 그대로 말에서 뛰어내렸다.

그리고 떨어져 내리는 순간의 틈을 이용하여 철시가 걸려 있는 철태궁을 쏘아냈다.

쉿! 퍼걱!

반대쪽에서 달려오던 바바리안 전사의 랩터가 철시에 꿰뚫려 죽어나가고 카라스는 바닥을 구르며 피해를 최소화하기 위해 노력했다.

　덕분인지 뼈가 부러지거나 하지는 않았지만 결코 얕지 않은 부상을 입었다.

　'이제 어떻게 한다… 강!'

　카라스는 바다로 향해 유유히 흘러나는 강을 보고 그곳이 자신이 살 수 있는 유일한 길이라 여겼다.

　거리도 그리 멀지 않았기에 최선을 다한다면 살 수 있을 거라는 희망이 생겼다.

　'간다!'

　카라스는 미친 듯이 강을 향해 내달렸다.

　인간이 달릴 때 낼 수 있는 스피드의 족히 두 배는 되는 스피드로 달려가는 동안 마나로드를 휘도는 마나가 폭발적으로 꿈틀거렸다.

　'살고자 하는 의지 때문인가……'

　인간은 죽음의 순간 초인적인 힘을 발휘한다고 들었던 기억이 떠올랐다.

　전생의 기억에서 네 명의 군인들이 지프차를 들어서 방향을 바꿔 도주하는 것에 성공하여 목숨을 구했다는 이야기가 거짓이 아님을 알게 된 순간이었다.

'조금만 더… 조금만!'

카라스는 랩터의 돌격 속도가 엄청나게 크게 들려왔다.

당장에라도 흉측한 랩터의 이빨이 자신의 머리를 물어뜯을 것만 같은 위기를 느끼며 심장이 터져나가도록 달렸다.

'위험!'

카라스는 뒤쪽에서 느껴지는 등골을 짜릿하게 만드는 기분에 서둘러 머리를 숙였다.

피릿! 쎄에엑!

머리카락을 스치고 지나가는 도끼가 앞쪽으로 날아가는 것에 심장이 쿵쾅거리며 뛰어놀았다.

'돼… 됐다!'

카라스는 가까스로 강가에 도달하자 급히 물을 향해서 뛰어 들었다.

"죽어랏!"

쉬잇! 카각!

등판을 화끈하게 만드는 무언가에 카라스는 이를 앙다물었다.

그러나 앞으로 점프하는 중에 벌어진 탓에 그리 큰 타격을 받은 것은 아니라는 점에 안도했다.

첨벙! 쿠르르륵!

물속으로 뛰어 들기 무섭게 무거운 갑옷 때문에 바닥으로 급히 가라앉는 것을 느꼈다.

그러나 랩터들은 물을 싫어하는지 더 이상 따라오지 않았고 전사들이 던지는 도끼세례만 강물 속으로 파고들 뿐이었다.

'살았다… 하아…….'

유속이 빠른지 급격하게 떠내려가는 것을 느끼며 카라스는 운디네의 도움을 받아 숨을 쉴 수 있었다.

그러던 어느 순간 갑작스럽게 마나의 운용이 중단되고 소환되어 있던 운디네가 사라지는 것을 느꼈다.

'젠장! 하필 이 순간에… 으으…….'

카라스는 호흡이 중단되고 운디네가 역소환되어 사라지자 급격히 밀려드는 물로 인해서 숨이 막혀왔다.

그리고 필사적인 발버둥을 치며 어떻게든 살아남기 위해서 노력해야 했다.

"으으…….."

카라스는 물속에서 정신을 잃고 죽어갔었다.

그런데 자신의 온몸에서 통증이 느껴지는 것에 살아 있음을 느꼈다.

여전히 눈은 떠지지 않았고 물먹은 솜마냥 축 늘어진 몸은 움직일 생각을 하지 않았다.

'내가 살아 있는 건가? 하하… 그런데 너무 아프군.'

카라스는 등에서 느껴지는 격통에 몸서리를 쳤다.

아마도 도망가기 직전 바야호족의 전사가 휘두른 도끼에 등판이 거의 갈라진 듯싶었다.

"흐으… 운디네… 소환……."

간신히 운디네를 소환하는 소환주문을 외운 카라스는 제발 운디네가 나오기만을 기다렸다.

후웅! 스스스슷!

물방울이 모여들고 운디네가 제 형상을 갖추는 동안 카라스는 간신히 눈을 뜨고 뿌옇게 보이는 하늘을 보며 감사했다.

'죽이지 않아서 고맙다고 해야 하는 겁니까? 크하하하!'

자신에게 이런 삶을 살게 만든 신이라는 존재에게 처음으로 따지듯이 물은 카라스는 정령인 운디네가 자신의 얼굴을 매만지는 것에 입을 열었다.

"운디네… 등을 치료… 해줘… 부탁한다."

간신히 더듬더듬 말을 끝내자 운디네는 주인이 느끼는 고통을 인지하고 서둘러 치유의 물을 만들어냈다.

"흐윽……."

등에서 느껴지는 지독한 통증에 카라스는 이를 앙다물었다.

운디네가 치료를 할 때 느껴지는 그 고통은 상상을 초월할 정도로 고통스러웠다.

"운디네, 한 번 더!"

이를 악문 채 치유의 물을 한 번 더 부탁한 카라스는 눈을 부릅뜨며 고통을 참아냈다.

"후우… 고마워."

운디네로 인해서 고통이 많이 가시고 상처가 거의 아문 것에 고마움을 전했다.

만약 운디네가 없었다면 피를 너무 많이 흘려서 죽어나갔을 것이었다.

지혈도 하지 못하고 과다출혈로 죽는 것을 생각하니 이보다 허무한 죽음이 또 있을까 싶었다.

'그나저나 여긴 어디지?'

카라스는 사방을 둘러보았다.

언제 어디서 적이 등장할지 알 수 없으니 최대한 방어와 도주에 유리한 지형을 파악해야 했다.

'이건 뭐지? 어떻게 이런 지형이 있을 수 있는 것인가?'

사방이 온통 깎아지른 듯한 절벽으로 이루어진 산이 병풍처럼 둘러져 있었다.

그리고 그 가운데를 관통하고 있는 강물은 자신이 뛰어 들었던 그 이름도 모를 강이 분명했다.

'일단 주변을 둘러봐야겠다.'

카라스는 급히 자신의 물건들을 챙긴 후 절룩거리며 주변 탐색에 나섰다.

"이러니 사람들은 이런 곳이 있는지도 모르지."

카라스는 한 시간도 안 돼서 지형을 모두 수색할 수 있었다.

산의 중앙에 푹 꺼진 지형은 사방이 막혀 있었고 강물의 흐름으로 인해서 산의 바위가 뚫려 그곳으로만 들어올 수 있는 지형이었다.

당연히 바바리안들은 이곳을 발견하지 못했을 것이고 자신은 떠내려 오다가 중간에 모래턱에 걸려서 우연히 발견하게 된 곳이었다.

'어떻게 하는 것이 좋을까? 이대로 나가야 하나… 아니면 조금 시간을 두고 바바리안들이 돌아간 후에 나가야 할까?'

고민은 그리 길지 않았다. 얼마나 이곳에서 기절해 있었는지는 모르지만 하루 정도는 이곳에서 버텨도 무방할 것 같았다.

'이, 이건… 설마!'

카라스는 하루를 더 머물기로 한 후 주변을 더욱 꼼꼼하게 살폈다.

안전하게 하루를 쉴 수 있는 곳을 찾기 위한 목적이었는데 한 가지를 발견하고 눈을 치켜뜨며 빠져나가야 한다는 생각을 가졌다.

'이런 놈이 서식하는 곳이라면… 도망가야 한다. 아니면 죽게 되겠지.'

카라스는 눈앞에 있는 거대한 길이의 허물을 보며 고개를 살살 내저었다.

족히 50미터는 됨직한 뱀의 허물은 그 둘레만 해도 장정 둘이 팔을 벌려서 안아야 할 정도로 굵었다.

특히 허물의 이마 부위에 있는 뿔의 형태를 지닌 허물을 보니 보통의 뱀이 아닌 전설상의 생명체가 분명해 보였다.

"하필이면 이런 놈이 사는 곳일 줄이야… 흡!"

카라스는 허물을 보며 얼른 도망가야 한다고 생각할 때 갑자기 느껴지는 흉폭한 기운에 입을 다물었다.

멀리서 다가오는 거대한 뱀의 모습에 재수가 없어도 이렇게 없을까 하는 생각마저 갖게 되었다.

"빌어먹을!"

물로 뛰어든다고 해도 뱀은 물속에서 더 빠르게 움직일 수 있는 존재였다.

게다가 50미터에 이르는 길이를 지닌 놈의 움직임은 상상을 초월할 지경이었다.

파파파파팟!

어떻게든 살아야 하겠기에 사력을 다해 강물을 향해 뛰었다.

사방이 절벽처럼 이루어진 공간에서 다른 곳으로 뛰어봤자 저 거대한 뱀을 피할 길이 없었다.

삐이이이익!

카라스는 갑작스런 울음소리에 달려가면서 청력을 돋웠다.

그리고 거대한 그림자가 빠르게 다가오는 것을 볼 수 있었다. 흐릿한 시야지만 그림자가 너무도 짙고 거대했기에 보지 않으려 해도 안 볼 수 없는 것이었다.

'뭐지?'

카라스는 그 거대한 그림자의 정체가 궁금해 하늘을 향해 슬쩍 시선을 틀었다.

'새? 저 거대한 것이 새란 말인가?'

말도 안 된다고 생각했지만 매머드가 살고 50미터짜리 거대한 뱀이 살아가는 땅이었다.

그러니 거대한 콘돌이 산다고 해서 이상하게 생각할 이유는 없었다.

"이크!"

카라스는 거대한 콘돌이 빠르게 날아오며 발톱으로 자신을 낚아채려고 하는 것에 급히 몸을 날려 바닥을 굴렀다.

'미친!'

자신을 먹잇감으로 여기고 공격하는 거대 콘돌에게 분노를 토했던 카라스는 의외의 상황에 황당한 표정을 지을 수밖에 없었다.

'머냐··· 설마 저 콘돌은 나를 공격하려는 것이 아니라 저 거대 뱀을 노린 것인가?'

뒤쪽에서 일어나고 있는 싸움에 카라스는 어이가 없었다.

날개를 펄럭이며 발톱으로 뱀을 공격하는 콘돌의 맹렬한 움직임고 그에 맞서서 콘돌을 조이려고 하는 뱀의 움직임이 그것이었다.

'가만 이렇게 되면 어찌해야 하는 거지?'

카라스는 이대로 줄행랑을 쳐야 하는 건지 아니면 자신을 대신하여 거대한 뱀과 싸움을 시작한 거대 콘돌을 도와야 하는지 살짝 고민했다.

그러나 자신이 끼어든다고 해서 별 도움이 되지 않을 것만 같아서 서둘러 강으로 뛰어들려고 했다.

"끼악! 끼악!"

강물을 향해 달려가던 카라스는 수풀이 우거진 곳에서 울려오는 괴생명체의 울음소리에 걸음을 멈춰야 했다.

처음 수색을 할 때 무심코 지나쳤던 곳에서 울리는 울음소리였다.

'설마… 새끼가 있는 곳으로 뱀이 다가가니 어미가 달려든 거라 말인가?'

카라스는 싸움을 계속하고 있는 두 존재를 돌아보았다.

그리고 다시 앞으로 보았을 때 2미터는 되어 보이는 솜털이 지저분하게 나 있는 새끼를 볼 수 있었다.

'하아…….'

생각해 보면 저 콘돌이 지면 새끼들의 운명은 너무도 뻔했다.

저들 역시 뱀에게 잡아먹히는 신세가 될 것이었다.

"내가 뭐 그렇지."

카라스는 이대로 도망가기에는 자신이 너무도 비겁하고 용렬한 놈이 되는 것만 같았다.

운명을 이겨내고 새로운 삶을 살겠다고 다짐했던 것을 떠올리며 자신의 뺨을 힘차게 후려쳤다.

짜악!

짜릿한 통증과 함께 나약해지려고 하던 마음을 다잡은 카라스는 치열하게 싸우고 있는 뱀과 콘돌의 결전장으로 발길을 돌렸다.

끼릭!

철태궁이 활짝 만작되고 통아에 끼워진 편전이 거대한 뱀의 사악해 보이는 눈을 겨눴다.

'눈… 그게 아니면 벌려진 입 안으로 쏘아야 한다. 그거 외에는 저 거대한 뱀에게 타격을 입힐 수 없다.'

허물을 만졌을 때 그 허물의 두께가 족히 20센티미터에 이르는 것을 알았다.

그리고 그 강도가 강철에 버금갈 정도로 단단하다는 것도 짐작할 수 있었다.

해서 노려야 할 곳은 오직 두 곳이라는 것에 이를 앙다물었다.

'집중해야 한다… 집중!'

카라스는 콘돌과 치열하게 싸우고 있는 거대한 뱀의 움직임에 맞춰 철태궁을 조금씩 조종했다.

그리고 콘돌의 목을 물기 위해서 뱀이 입을 벌렸을 때 시위를 놓았다.

피잉! 쎄에에에엑!

번개처럼 날아가는 편전이 직선으로 뻗어나가며 입을 벌리고 있는 뱀의 커다란 입 속을 파고 들었다.

'맞췄다!'

정확하게 명중하며 벌려졌던 뱀의 입이 다물어졌다.

그러나 그뿐으로 큰 타격을 주지 못한 듯이 다시 입을 벌려 콘돌을 물기 위해 움직였다.

　'젠장!'

　카라스는 자신을 위해서는 아니지만 도움을 준 콘돌에게 응원을 보내며 통아를 빼냈다.

　'콘돌이 다칠 수도 있지만 방법은 이것뿐이다.'

　카라스는 철시를 걸고 다시금 뱀을 겨냥했다.

　워낙에 거대한 몸체를 지닌 놈이기에 표적이 커서 콘돌이 다치지 않도록 조심해서 움직임에 타이밍을 맞췄다.

　'지금!'

　카라스는 콘돌이 펄쩍 뛰어올랐다가 발톱으로 뱀의 머리를 찍어갈 때 시위를 놓았다.

　거의 일직선으로 날아가는 철시가 좌우로 흔들며 콘돌의 공격을 피하는 뱀의 눈을 향해 뻗어나갔다.

　퍼억! 콰아아앙!

　눈에 박혀드는 철시가 그대로 폭발하고 거센 화염이 뱀의 눈 주위를 휘감았다.

　깜짝 놀란 콘돌은 다시 공중으로 날개짓을 하며 올라갔다.

　'그래, 그게 나를 돕는 거다!'

　카라스는 이판사판이라는 심정으로 뱀을 향해 미친 듯이

철시를 날렸다.

반드시 죽이겠다는 일념으로 굳건히 두 다리로 버텨 서서 철태궁을 당기고 또 당겼다.

"샤아아아아!"

거친 울음을 토해내며 자신에게 고통을 안겨준 새로운 적에게 분노를 터뜨렸다.

그러나 카라스가 있는 쪽으로 가려고 하면 뒤쪽에서 내려 앉는 콘돌이 거대한 뱀의 몸통을 쪼아대며 도로 방향을 틀게 만들었다.

콰앙! 콰콰쾅! 콰쾅!

연달아 몸통에 박혀들며 폭발하는 철시의 공격에 제 아무리 두꺼운 피부를 가졌다고 해도 데미지는 쌓여갔다.

특히 계속해서 한 지점에 박혀들며 폭발하자 상처가 심해지고 그 부분은 다시 콘돌의 날카로운 발톱이 파고들어가며 뱀을 괴롭게 만들었다.

'마지막이다!'

카라스는 거의 죽음으로 몰리고 있는 뱀에게 마지막 카운터를 날릴 생각에 최대한 앞으로 접근하기 시작했다.

그리고 그런 자신을 향해 입을 벌리며 겁을 주려하는 뱀의 벌려진 입을 향해 마지막 철시 3발을 한 번에 날렸다.

피잉! 쎄에에에에엑!

파공성을 일으키며 날아간 철시 3발이 그대로 입을 지나쳐 목구멍 안으로 파고들었다.

펑! 퍼펑!

뱀의 몸 속에서 터져나가며 작은 소음이 일었다.

그리고 마지막 발악을 하듯이 꼿꼿하게 몸을 세웠던 거대한 뱀은 서서히 모로 쓰러져 내리고 말았다.

"크크… 으하하하하! 이겼다!"

비록 콘돌의 도움으로 이겨낸 것이지만 거대한 뱀을 죽인 것에 너무도 기쁜 나머지 앙천광소를 터뜨렸다.

해냈다는 기쁨도 기쁨이지만 죽음을 두려워하여 도망쳤던 자신이 그 두려움을 이겨내고 그 근원을 죽였다는 것이 너무도 자랑스러웠다.

"끼악! 끼아악!"

뒤쪽에서 어미 콘돌이 뱀을 이겨낸 것을 지켜 본 새끼 콘돌이 우렁찬 기쁨의 울음을 토했다.

마치 자신의 승리를 축하해주는 것 같은 그 울음소리에 카라스는 활짝 웃으며 자신도 모르게 새끼 콘돌에게 손을 흔들어주었다.

'잉? 뭐, 뭐냐… 저 시츄에이션은…….'

카라스는 새끼를 향해 손을 흔든 후 다시 뱀의 사체로 시선을 돌렸다가 약간은 당황스런 광경에 얼어붙었다.

찌익! 콰지직!

콘돌이 뱀의 사체를 그대로 찢어발기고 있었던 것이다.

화염에 그을린 피부를 날카로운 부리로 해체하고 몸통을 찢는 콘돌은 그 고기를 물고 그대로 새끼에게 날아갔다.

"끼악! 끼아악!"

새끼는 어미가 물어다 준 고기를 어서 달라며 울음을 토한 후 낼름 받아먹기 시작했다.

'헐… 짐승은 어쩔 수 없는 짐승인가?'

물론 자신을 공격하지 않는 것을 보면 엄청난 특혜를 자신에게 베풀고 있다는 생각은 들었다.

그렇다고 해도 저렇게 무시하는 것은 있어서는 안 될 무책임한 행동이었다.

'후우… 나도 전리품을 챙겨야겠군.'

콘돌이 뱀의 가죽을 다 찢어버리기 전에 챙길 생각으로 카라스는 죽은 뱀의 사체로 접근했다.

'이걸로 갑옷을 만든다면… 대단한 물건이 나오겠다.'

가죽의 두께만 20Cm에 이르는 최고의 재료였다. 단단하기는 철시가 박히들지 않을 정도로 단단했고 화염에 그을리며 생채기는 입었지만 그것이 다일 정도로 대단한 껍질인 셈이었다.

"꺄아아아악!"

날카로운 울음을 토하며 날아든 콘돌이 자신의 먹이를 빼앗으려고 하는 거라 생각했는지 적의를 드러냈다.

"이런 새대가리 새끼가! 마! 내가 너를 도와준 거 잊었냐!"

콘돌이 알아들을 리 만무하지만 답답하고 조금은 억울한 마음에 빽 하고 소리를 질렀다.

그러자 부리부리한 눈으로 못마땅하게 카라스를 노려보던 콘돌이 고개를 돌려버렸다.

'머냐… 지금 저 행동은…….'

나름대로 생각해 보니 먹이를 공유하겠다고 하는 행동으로 보였다.

그리고 자신을 도와서 뱀을 죽인 것에 적이 아닌 동료 정도로 여기는 듯도 싶었다.

"에라! 나도 모르겠다!"

카라스는 가죽을 얻기 위해 날카롭게 벼려진 숏소드를 뽑아들었다.

그리고 어설프게 오러를 일으켜 죽은 뱀의 가죽을 벗기기 시작했다.

"끼악!"

콘돌은 먹이를 나눠먹으려고 하는 줄 알고 눈을 부라렸으나 작은 인간은 고기를 원하는 것이 아니라 가죽을 벗기려고 안간힘을 썼다.

그 모습이 이상했는지 계속해서 기성을 토하며 지켜보았다.

"끄응… 돼… 됐다!"

마침내 자신의 키보다 훨씬 굵은 뱀의 가죽을 잘라낸 카라스는 일자로 길게 그어내며 가죽을 가르는 것에 성공했다.

'그런데 이거 언제 다 벗겨내지?

참으로 답이 나오지 않는 상황에 카라스는 쓰게 웃었다.

'잉? 저놈이 왜……'

쿵! 쿵! 쿵! 쿵!

거대한 몸체를 지닌 놈답게 걸음을 옮길 때마다 묵직한 소리가 진동했다.

그렇게 다가온 녀석은 카라스의 의도를 알았는지 날카로운 부리로 갈라진 가죽의 끝을 잡고 힘껏 잡아 당겼다.

"오우! 멋지다!"

카라스는 가죽을 완벽하게 벗겨낸 콘돌을 보며 엄지손가락을 추켜세웠다.

그러면서 콘돌의 머리가 상당히 좋다는 것에 놀라움을 금치 못했다.

'햐! 누가 새대가리라는 욕을 만든 거야? 저 정도면 침팬지

는 뺨 때리겠구만.'

카라스는 활짝 웃으며 콘돌이 벗겨낸 가죽을 마법 가방에 우겨 넣은 후 자리를 비켜주었다.

"그래 맛나게 먹어라. 나도 배가 고파서 먹을 것 좀 챙겨 먹어야겠다. 후후!"

카라스는 마법 가방 안에 들어 있는 육포를 꺼내서 조금씩 뜯어 먹었다.

해안가로 가서 이틀을 지내야 하는 탓에 챙겨 온 식량이 제법 있어서 참으로 다행스러운 일이었다.

투욱!

묵묵히 육포의 맛을 음미하며 씹던 카라스는 갑자기 그림자가 지더니 무언가가 앞에 떨어지는 것에 고개를 들었다.

"나 주는 거냐?"

카라스의 물음에 콘돌은 멀뚱멀뚱 쳐다만 보았다.

말이 통하지 않는 콘돌에게 묻는 자신의 실책을 반성한 카라스는 바닥에 떨어진 붉은 보석을 가리킨 후 다시 자신을 가리켰다.

그러자 콘돌은 그 커다란 보석을 발톱으로 슬쩍 밀어 카라스에게 더욱 바짝 붙였다.

'햐… 이런 걸 영물이라고 하는 건가?'

카라스는 은혜를 갚으려고 하는 콘돌의 행동에 묘한 미소를 지으며 그 거대한 붉은 보석을 챙겨 넣었다.

피가 묻은 것을 보면 거대한 뱀이 남긴 사체의 일부로 보이는 보석이었다.

7장

티탄족의 정체

　가방에 챙겨 넣으려던 보석이 카라스의 손이 닿자 붉은빛을 강렬하게 뿜어냈다.

　그 빛을 본 카라스는 무슨 영문인지 몰라서 얼른 손을 뗐다.

　"끼아아악!"

　울음을 토해내는 콘돌은 그 빛에 반응을 보이며 고개를 좌우로 가로저으며 날개를 퍼덕였다.

　'뭐지… 왜 이런 반응이 나오는 거냔 말이다.'

　카라스는 다시 빛이 사라진 보석에 손바닥을 밀착시켰다.

웅! 웅! 웅!

다시금 빛을 뿜어내는 보석을 보며 카라스는 이것이 혹시 영물이 남긴 내단은 아닐까 하고 생각해 보았다.

전생의 기억에 있는 수많은 무협지를 섭렵했던 것 중에 이런 기연이라는 이름으로 포장된 것들이 나오지 않았던가.

'설마… 이게 그 말로만 듣던 기연?'

여전히 산더미처럼 남아 있는 뱀의 사체, 그중에서도 머리 부분에 달려 있는 커다란 뿔을 보면 이무기라는 것이 떠올랐다.

'먹어볼까? 이게 그 소설 속에서만 보던 영단이라면… 아니, 아니지… 소설 속에서는 엄청난 기운이 모여들면 죽을 위기를 겪어야 한다는데…'

혹시나 그 기운을 이기지 못하고 몸이 터져나가면 어쩌나 하는 생각에 망설였다.

그러나 이 기회를 놓치면 강한 힘을 갖게 되는 것이 엄청나게 늦어질 수도 있겠다는 생각이 불현 듯 들었다.

'모험이다… 내 생각이 맞다면… 나는 더욱 강해질 수 있겠지. 그게 아니라면… 또 죽기밖에 더하겠는가.'

카라스는 한 번 죽었다가 환생한 자였다.

덕분에 죽음에 대한 원초적인 공포를 가지고 있지 않았다.

사람이 죽음에 대해서 공포를 느끼는 이유는 이대로 끝이라는 생각을 하기 때문이었다.

하지만 다시 환생한다는 것을 안 이상 그런 공포는 없어진지 오래였다.

"부탁한다."

카라스는 입고 있는 옷을 벗어 한쪽에 치워놓은 후 붉은 보석을 그대로 입에 집어넣었다.

스르륵!

입 안으로 들어가자 사라지듯 녹아내리는 보석으로 인해 카라스는 깜짝 놀랐다.

그리고 이어지는 화끈한 기운이 온몸으로 퍼져나가는 것에 급히 마나연공법을 펼쳤다.

'절대 입을 벌려서는 안 된다. 그리고… 으윽!'

갑자기 커져가는 기운이 온몸의 마나로드를 들끓게 만들었다.

고통에 자신도 모르게 입이 벌어지려고 하는 것에 가까스로 입을 다물고 마나연공법에 몰두했다.

지금 이 기운을 다스리지 못한다면 이대로 몸이 폭발하여 죽을 것임을 안 까닭이었다.

'죽어도 이겨낸다. 죽어도!'

카라스는 마나를 최대한 마나로드를 통해 빠르게 휘돌리

며 기운의 안정을 위해서 사력을 다했다.

그러자 지금까지 간신히 콩알만 한 기운이 저장되었던 단전부위에서 점점 커져나가는 무언가를 느꼈다.

'단전이 확장된다… 으윽!'

단전이 확장되면서 그곳으로 밀려드는 기운의 양이 기하급수적으로 늘어갔다.

그리고 마나로드도 확장되었다 수축되기를 반복했다.

그렇게 점점 더 강하고 튼튼한 마나로드가 만들어지자 지금까지 막혀 있던 작은 길들까지 뚫고 나갔다.

'으으… 버텨야 하는데… 버텨야…….'

조금씩 침몰해 가는 정신에 카라스는 입술을 질끈 깨물었다. 하지만 환생자가 가지는 특유의 강한 정신력도 그 속도만 늦출 뿐이었다.

'안 되는데… 음!'

버티다 결국에는 이겨내지 못하고 그대로 정신을 잃어버렸다.

단지 그때까지 죽을힘을 다해서 돌리던 마나연공법은 그대로 유지되면 계속해서 확장과 반복, 그리고 돌파를 이어가고 있었다.

'내가 살아 있는 것인가?'

카라스는 서서히 돌아오는 정신을 차리기 위해 서둘러 몸을 움직였다.

그리고 떠지는 눈을 통해 들어오는 밝은 빛에 눈살을 찌푸렸다.

'응? 내 눈이 이렇게 좋았던가?'

드라켄의 독이 깃들어 있는 탓에 뿌옇게 보이던 시야가 너무도 또렷하게 보였다.

그리고 그것만이 아니라 사지백해에 활력이 넘치고 몸의 컨디션이 너무도 좋았다.

한곳 정도 결리는 부분이 있을 법도 하건만 너무도 편안한 잠을 자고 일어난 것처럼 개운한 느낌에 미소가 얼굴 가득 번졌다.

"끼악! 끼아악!"

옆에서 들려오는 콘돌의 울음소리에 카라스는 고개를 돌려 부리부리한 눈망울로 자신을 내려다보고 있는 콘돌을 보았다.

"후후! 고맙다. 네가 지켜준 거로구나."

카라스는 자신을 얼마나 흘렸는지 모를 시간 동안 지켜준 콘돌에게 고마움을 전했다.

그러자 그 진심이 통했는지 콘돌은 기분 좋은 울음을 토해내며 날개를 퍼득거렸다.

'도대체 시간이 얼마나 흐른 거지?'

자신이 기절해 있는 동안 시간이 얼마나 흘렀는지 알 수 없었다.

그러다 한 가지 눈에 띄는 것 때문에 대충의 시간을 유추할 수 있었다.

'지난번 콘돌이 먹은 뱀의 고기가 1/5 정도였는데… 거의 다 먹었다는 것은… 사흘은 족히 흘렀다는 말이로군.'

카라스는 시간의 흐름을 느끼고 마음이 살짝 다급해졌다.

해안가로 소금을 만들기 위해서 길을 나선 이후로 벌써 4일이 흐른 것이었다.

요새에서 기다리고 있는 네일과 릴리아, 그리고 용병단의 단원들이 걱정할 것이 분명했다.

'그러고 보니 벌거벗고 있었네. 흐흐!'

카라스는 서둘러 벗어놓은 옷가지를 챙겨 입으려 했다.

"으힉! 우, 운디네 소환!"

후웅! 스스스슷!

운디네는 지난 며칠 동안 소환하지 않은 주인에게 무슨 문제가 있는 것은 아닌지 빠르게 나타나 얼굴 주위를 맴돌았다.

"미안! 내 몸을 좀 씻겨줄 수 있을까? 부탁할게."

카라스는 자신의 몸에 검은 진액 같은 것으로 도배가 되어 있는 것에 깜짝 놀랐다.

그 뱀의 보석 같은 것을 먹은 이후 마나가 급격히 증가했고 그때 무슨 일이 몸 안에서 벌어진 것을 느꼈다.

'마나가 단전에 가득하다. 이 풍만한 느낌이라니⋯⋯.'

과거에 콩알만 한 크기의 단전이었다면 지금은 족히 제사상에 올리는 커다란 배 정도는 됨직한 단전의 크기에 놀랐다.

갑자기 무슨 마스터가 되었다던가 하는 것은 아니지만 마나만큼은 누구에게도 밀리지 않을 듯했다.

"어디⋯⋯."

후웅! 지이이잉!

작은 숏소드를 들고 오러를 불러 일으켰다.

이전의 자신이라면 흐릿하게 형상화되는 단계로 초급 익스퍼트 정도의 단계가 나와야 정상이었다.

한데 지금은 흐릿이 아니라 또렷한 검기가 짙고 푸르게 20cm 가량 올라왔다.

"워⋯ 이 정도면⋯ 상급은 아니지만 거의 근접했겠는데?"

상급이 되려면 30cm는 만들어 낼 수 있어야 했다.

최상급은 1미터에 달하는 오러스레드가 만들어지고 마스터는 그 오러스레드가 짙고 굵은 진정한 오러로 만들어지는 단계였다.

'하긴, 점으로 깨달음을 얻은 것이 아니니 당연한 결과이려나? 후후!'

충분히 만족할 만했다.

마나가 대량으로 늘어나서 정령인 운디네를 소환할 수 있는 시간은 이제 하루 종일 해도 될 정도였으니 그것만 해도 커다란 도움이 되어줄 것이었다.

휘류류류류류룽!

이전의 운디네보다 족히 몇 배는 더 강하고 상쾌한 기분이 들게 만드는 치유의 물이 카라스의 전신을 씻겨주었다.

그리고 운디네는 주인이 강해져서 자신이 발휘할 수 있는 힘도 더 커진 것에 상당히 기뻐하며 카라스의 얼굴 주위에서 춤을 추듯이 움직였다.

"후후! 이제 우리 운디네를 계속해서 소환할 수 있겠다. 너도 좋지?"

대답은 할 수 없지만 주인이 자신과 있는 것을 너무 기뻐하자 운디네 역시 고개를 끄덕이며 카라스의 이마에 입을 맞춰주었다.

"후후! 고마워."

카라스는 운디네가 씻겨주어 개운해진 몸으로 옷을 집어들고 주섬주섬 챙겨 입었다.

이윽고 모든 준비가 끝나자 카라스는 멀뚱하게 자신을 내려다보고 있는 콘돌을 향해 작별인사를 건넸다.

"이제 가봐야겠다. 잘 있으라고."

카라스가 가려한다는 것을 느꼈는지 콘돌은 갑자기 슬픈 눈이 되어갔다.

자신의 새끼를 위해서 싸운 것이기는 해도 그 흉악했던 뱀을 죽이는데 도와준 인간이었다.

그리고 무서워하는 기색도 없이 뭔가 알아들을 수 없는 말을 해대며 거침없이 행동하던 인간에게 호기심이 많았었다.

"끼악?"

마치 진짜 가야 하는 거냐고 묻는 듯한 콘돌의 울음소리에 카라스는 피식 웃으며 손을 흔들었다.

"진짜 가야 해. 그러니까 네 새끼하고 같이 잘 지내라. 알았지?"

"끼룩!"

카라스가 진짜로 갈려고 물로 뛰어드려 하자 콘돌이 카라스의 앞을 막아섰다.

그리고 자신의 몸을 돌려 바짝 몸을 낮췄다.

'나를 태어다 주려는 것인가?'

카라스는 콘돌이 새끼를 보호할 수 있도록 뱀을 잡게 도와준 자신에게 큰 호의를 베풀고 있음을 깨달았다.

영물인 콘돌이라면 능히 그럴 수 있다는 생각을 하며 하늘을 날아볼 생각에 콘돌의 등으로 올라탔다.

"고맙다!"

"끼악!"

쿠쿵! 파닥! 후우웅!

몇 번의 뜀박질을 통해 힘을 얻은 콘돌이 힘찬 날갯짓을 하며 하늘로 치솟아 올랐다.

"와우!"

카라스는 하늘을 나는 것이 이런 느낌일 줄은 몰랐다.

전생에 비행기를 안 타본 것은 아니지만 이렇게 바람을 가르며 난다는 것은 비교도 할 수 없는 쾌감을 안겨주는 거였다.

'정말 대단하다. 저 장엄한 모습이라니……'

하늘 높이 날아올라 아래를 내려다보니 거대하게 뻗은 고산준봉이 끝도 없이 이어져 있었다.

특히 해발 5천 미터가 넘는 거대한 산은 중간허리부터 하얀 눈에 덮여 있고 구름도 끼어 있는 모습이었다.

'저 산을 보고 싶군.'

카라스는 콘돌이 말을 알아들을지 생각도 하지 못한 채 거대한 고산을 향해 손짓했다.

"저 산으로 가주면 안 될까? 꼭 보고 싶은데 말이야."

끼아아아악!

콘돌은 마치 카라스의 말을 알아들었다는 듯이 거창한 울음을 토했다.

그리고 방향을 선회하며 신비로운 기운이 가득한 고산을 향해 날아갔다.

'저것은… 도대체 뭘까? 인적도 없는 곳에… 그것도 깎아지른 듯한 높게 솟은 산의 정상에 있는 저 폐허는……'

카라스는 산을 감상하다 특이한 곳을 발견할 수 있었다.

시력이 비약적으로 올라가지 않았다면 결코 발견하지 못했을 정도로 폐허가 된 건물의 잔해였다.

"친구! 부탁이 있는데 저 폐허로 가주지 않을래?"

카라스가 친구라는 말을 하며 부탁하자 콘돌은 말귀를 알아들었다는 듯이 폐허로 움직였다.

얼마 지나지 않아 거대한 산의 정상 부위에 자리한 곳에 내려설 수 있었다.

"햐… 이건 신전이었나 본데?"

폐허의 모습은 전생의 기억 속에 또렷하게 남아 있는 그리스의 신전의 모습과 유사한 형태를 가지고 있었다.

석주들이 여기저기 무너져 내려 있었지만 남아 있는 형태만으로도 충분히 유사한 점을 찾을 수 있었다.

'어떻게 이렇게 비슷할 수 있는 걸까? 인간계란 이 세계나

저쪽이나 생각하는 부분은 비슷하다는 거려나? 하아…어렵구나, 어려워.'

카라스는 멀뚱멀뚱 자신을 쳐다보는 콘돌에게 폐허가 된 건물의 잔해를 가리켰다.

"저걸 좀 보고 올게."

"끼악!"

마치 그러라는 듯이 고개를 주억거리는 콘돌에게 손을 흔들어주며 카라스는 폐허 안으로 걸음을 옮겼다.

'지하로 내려가는 계단인가?'

굵은 석주들이 무너져 내리며 거의 가려져 있는 계단을 발견했다.

눈이 수북하게 쌓인 다른 곳과는 다르게 폐허가 있는 곳은 눈이 없어서 어렵지 않게 찾을 수 있었다.

'조심해야겠지… 혹시 모르는 일이니.'

카라스는 천천히 계단을 따라 아래로 내려갔다.

외부와는 다르게 거의 원형의 상태를 가지고 있는 아래는 길게 이어진 통로를 따라 벽에 벽화가 양각되어 있었다.

'이건 무엇을 의미하는 거지?'

벽화의 내용은 조금 이상한 양각화의 연속이었다.

거대한 몸체를 지닌 거인족이 바바리안으로 보이는 인간들의 경배를 받는 모습으로 시작되고 있었다.

거대한 괴수가 있었고 하늘을 나는 콘돌의 모습도 있었다.

전부 이 신대륙에 살아 있는 매머드와 각종 공룡들이 조각 안에 다 들어 있었던 것이다.

'거인족이 이 땅을 다스렸다는 건가? 그렇다면 티탄족이 실제로 존재했다는 소리인데… 아직도 있으려나?'

조각의 크기로 생각해 보자면 바바리안의 크기의 족히 6배는 됨직한 크기로 묘사되어 있었다.

그 정도의 크기를 지닌 거인족이라면 인간들에게는 필시 재앙이었을 것은 분명했다.

'티탄족이 바바리안들을 종처럼 부렸었군…….'

티탄족은 바바리안들로부터 숭상을 받는 듯한 조각이 새겨져 있었다.

그러다 어느 순간부터 이상한 방향으로 흘러가는 것에 카라스는 고개를 갸웃거렸다.

'반란인가?'

티탄족이 바바리안의 처녀를 잡아먹는 조각과 그것 때문에 바바리안들이 티탄족에 저항하는 것이 있었다.

그러다 학살을 당하고 수도 없이 많은 바바리안들이 사방에서 몰려들었다.

그리고 수가 현저히 적은 티탄족과 그들을 둘러싸고 전투에 돌입하는 바바리안들의 모습, 마지막으로 티탄이 패퇴하여 쫓겨가는 것으로 벽화는 끝을 맺고 있었다.

'티탄족이 바바리안을 억압하다 반란이 일어나서 쫓겨나는 거로군… 그러게 뭐든 타인에게 해를 끼치면 안 되는 법이지.'

카라스는 고개를 주억거리며 티탄의 불행한 종말에 대해서 비웃음을 날렸다.

"잉? 이건… 큭! 크크크 !"

카라스는 벽화의 마지막을 보고 배꼽이 빠져라 웃어야 했다.

티탄족의 최후가 그려진 그 벽화에는 거대한 티탄족의 모습이 아닌 인간의 크기보다 훨씬 작은 유사인종이 거대한 티탄에서 빠져나오는 것이 새겨져 있었던 것이다.

"설마 티탄족이라는 것이 진짜 이렇게 작은 유사인종이라면… 저 몸체는 도대체 뭐지?"

카라스는 벽화가 더 남아 있는지 보기 위해서 복도의 끝으로 이동했다.

그러나 더 이상의 벽화는 없었고 복도의 끝에 거대한 광장이 나타나는 것에 긴장했다.

징! 징! 징!

광장으로 진입하려고 했지만 푸른 막이 자신을 막아서며

진동을 일으켰다.

'이런… 아직도 결계 같은 것이 작동을 하는 것인가?'

카라스는 이 믿어지지 않는 상황에 혀를 내둘렀다.

그러나 반드시 안으로 들어가고 말겠다는 생각으로 마나를 개방했다.

이전과는 비교도 할 수 없는 기운이 뿜어져 나오고 막아서는 결계를 향해 강한 일격을 날렸다.

콰앙! 지이이잉!

결계가 충격에 반응하여 무섭게 진동을 일으켰다.

"으읏……."

강한 반탄력에 뒤로 밀려난 카라스는 자신의 힘으로는 도저히 뚫을 수 없는 결계라는 것에 이를 앙다물었다.

"좋다… 어디 누가 이기나 해보자!"

카라스는 뒤로 물러서서 철태궁을 꺼냈다.

안으로 들어가는 것을 막는 저 결계를 부수고라도 들어가겠다는 집념으로 강한 기운을 뿜어냈다.

끼릭! 피잉! 피피피핑!

연속으로 철시가 날아갔다.

그리고 결계 위에 충돌하며 강한 폭발과 함께 철시가 터져 나갔다.

한곳에 집중되어 강한 폭발이 일어남에도 요지부동인 결

계의 모습에 카라스는 점점 더 불같이 일어나는 호승심에 휩싸였다.

'인간이 어찌 생명도 없는 결계 따위에 질까보냐!'

카라스는 더욱 빠르고 강렬한 기세로 시위를 튕겼다.

연속으로 날아가는 철시가 계속해서 결계를 때리고 철시가 거의 100발에 가깝게 소모될 때까지 이어졌다.

'후아… 저 결계는 괴물이 만들었나? 뭐 저리 강력할 수 있는 거지?'

지금까지 쏟아부은 철시의 화력이라면 드라켄도 죽음으로 몰아넣을 수 있었다.

그런 화력을 꿋꿋하게 버텨내는 결계의 강력함에 고개를 살살 내저어야 했다.

'가만… 힘의 집중… 그래, 힘의 집중이다!'

카라스는 산만하게 퍼져나가도록 철시를 날렸었다.

어디에 맞든 폭발을 하니 결계가 깨어질 수도 있다는 생각에 그렇게 한 거였다.

그러나 이제는 생각을 달리하여 철시를 한곳에 몰아서 터트리는 것으로 전략을 바꿨다.

"타앗!"

철시 10개를 줄로 묶어 풀어지지 않도록 한 후 폭발의 범위 바깥에서 강하게 던졌다.

휘익! 콰콰콰콰콰쾅!

강렬한 폭발과 함께 화염이 축약되어 터져 나왔다.

그리고 그 화염이 가시는 시점에서 카라스는 결계의 푸른 막이 잠시잠깐 흩어지는 것을 볼 수 있었다.

'닫히려 한다!'

카라스는 아무 생각 없이 무작정 몸을 날렸다.

다시 닫히려고 하는 결계의 틈 사이로 뛰어들어 가까스로 결계를 통과할 수 있었다.

데구르르!

바닥을 굴러 안으로 들어 온 카라스는 안도의 한숨을 몰아쉬며 주변을 살폈다.

웅! 웅! 웅! 웅!

갑작스런 진동과 함께 거대한 광장으로 푸른 기운들이 나타나며 벽과 바닥을 타고 움직이기 시작했다.

"뭐, 뭐지……."

깜짝 놀란 카라스는 그 빛의 정체가 무엇인지 파악하려 했다.

'마나… 왜 마나가 움직이는 걸까?'

빛이 움직이는 모습들을 지켜본 카라스는 그것이 자신은 알지 못하는 마법진임을 깨달았다.

'거대한 마법진이라니… 이곳을 만든 사람은 도대체 누구란 말인가?

신대륙에 남아 있는 바바리안들은 나라를 이루지 못할 정도로 문명이 발전하지 못한 단계였다.

도끼와 창 등을 사용하는 것으로 보아 철기문명에 이른 것은 확실하지만 여전히 부족의 테두리를 벗어나지 못했었다.

'그들이 만든 것은 절대 아니다. 마법진을 만들었다는 것은… 마법을 가지고 있어야 하는 것이 기본.'

주술을 사용하는 토템적인 부족들이 마법진을 만들었다는 것은 말도 되지 않는 소리였다.

결국은 이 폐허가 된 신전을 만든 이들은 바바리안들에게 쫓겨난 그 티탄들일 가능성이 컸다.

작은 티탄족들은 거대한 강철의 티탄을 만들어 거인족으로 행세하며 바바리안들을 지배할 정도였으니 분명 그들은 마법이라는 것을 가지고 있었을 것이었다.

웅! 웅! 웅! 웅!

카라스는 광장의 중앙에서 환하게 빛을 뿜어내는 마법진을 보았다.

그리고 바닥이 올라오며 커다란 단 같은 것이 드러났다.

지이이잉!

단이 모두 올라오고 그곳에서 생성된 홀로그램같은 것이

벽화와 같은 영상을 보여주었다.

벽화가 아닌 실제의 티탄족과 바바리안의 모습들, 그리고 그들이 싸웠던 거대한 전투를 보여준 것이다.

'아… 티탄족은 결국 자신들의 오만 때문에 멸족을 당한 거였군.'

주술을 사용하는 바바리안의 주술사들은 어느 순간 정령 사들과는 다른 방법으로 정령들을 소환하는 것에 성공했다.

그러나 정령이라고 보기에는 조금은 다른 존재들이었고 그들의 도움을 받아서 티탄족과의 싸움에 승리할 수 있었다.

'저때부터 바바리안들이 랩터와 매머드를 사육할 수 있었 군. 저 정령들이 매개체가 되어 전사 하나와 랩터를 연결시킬 수 있었던 거였어.'

카라스는 바바리안 전사가 죽으면 갑자기 버서커가 되어 주변의 모든 것을 공격하는 랩터와 매머드의 행동을 이제야 이해할 수 있었다.

"훗! 조그만 티탄족이 귀엽기는 하네."

카라스는 홀로그램의 영상 중에 등장하는 작은 티탄족을 손가락으로 콕 찍으며 웃었다.

그의 손가락이 홀로그램 안으로 들어섰을 때 그 웃음은 지속될 수 없었다.

"헉! 크으흑!"

카라스는 갑작스런 고통에 얼른 손가락을 빼내려 했다.

그러나 거대한 자석에 붙은 강철 조각처럼 손은 요지부동 움직이지 않았다.

"크아아아아!"

전신을 부들부들 떨며 고통에 몸부림을 치는 카라스는 머릿속으로 파고드는 이질적인 기억들에 금방이라도 뇌가 폭발할 것 같은 고통과 환상에 시달렸다.

"으으……."

인정사정없이 파고드는 기억들은 고대 티탄족이 남긴 기억들이었고 그 기억의 시작은 거대한 우주선을 타고 이 땅으로 추락하는 티탄족의 모습으로 시작되었다.

'미… 미친… 티, 티탄족이… 우주인… 이라니…….'

지금의 기간트와는 너무나 다른 모습을 지닌 티탄족의 유닛들의 모습이 그제야 이해되었다.

그러나 그런 이해도 계속 이어지는 기억의 습격에 몸서리를 치며 욕지기를 터뜨렸다.

"하아… 하아… 돌아버리겠군."

장장 10시간이 넘는 시간동안 이어진 기억의 습격, 아니 전이는 너무나도 방대한 지식을 그에게 안겨주었다.

전생의 기억보다 더 강하고 뛰어난 이계인들의 문명과 그들의 기술력이 고스란히 카라스에게 전해진 것이었다.

'한동안은 거의 미친놈처럼 지내야겠군. 이 기억들을 내 것으로 만들려면… 하아……'

지금 생각을 하는 와중에도 또 다른 이질적인 기억이 떠올랐다.

티탄족이 티탄을 만들 때 사용했던 것처럼 보이는 티탄의 설계도였다.

"후우… 나가자… 여기서 이럴 것이 아니라."

나가며 조금은 걱정이 되었다.

10시간이 넘게 폐허 안에서 시간을 보냈으니 콘돌이 돌아가지는 않았을지 하는 걱정이었다.

만약 콘돌이 돌아갔다면 이 거대한 산에서 내려가는 것도 엄청난 일이 될 것이니 말이었다.

끼아아아악!

카라스가 거의 바깥으로 나왔을 때 하늘 위에 떠있는 콘돌이 카라스를 발견하고 반가운 울음을 토해냈다.

그리고 카라스는 자신을 기다려 준 콘돌에게 고마움의 마음을 담아서 손을 흔들었다.

"하하! 기다려줬구나. 미안! 고의는 아니었어."

카라스의 미안하다는 말을 들었는지 콘돌이 내려앉으며 커다란 부리로 그의 등을 살짝 밀었다. 자신을 기다리게 만든 것에 대한 응징의 표현이었다.

"이쿠!"

가볍게 민다고 밀었겠지만 가진 힘의 차이가 워낙 크다 보니 카라스는 그대로 밀려나며 바닥을 굴러야 했다.

"정말 고의가 아니라니깐? 좀 봐주라, 야!"

카라스가 억울하다는 듯한 표정을 지으며 말하자 콘돌은 그제야 반쯤 뜨고 있던 눈을 다시 부리부리하게 뜨며 다리를 접고 앉았다.

자신의 등에 어서 타라는 표현에 카라스는 급히 콘돌의 등에 올라탔다.

쿠쿠쿵! 파다다닥!

도움닫기를 한 후 다시 하늘로 비상하는 콘돌의 등에 바짝 붙은 카라스는 바람을 만끽하며 환하게 웃었다.

'뭐지… 저 황당한 시츄에이션은…….'

카라스는 산을 내려가 넓은 평원으로 접어들었을 때 어이없는 광경을 보고 헛웃음을 흘렸다.

"엘 파르샤 콘도라!"

"엘 파르셔 콘도라!"

늙은 바바리안이 지팡이를 든 채 이상한 외침을 토하고 그를 따라 수많은 바바리안 전사들이 바닥에 엎드리며 경외하는 모습을 보인 것이다.

'설마… 이 콘돌이 저들이 섬기는 토템의 대상이란 말인가?'

생각해 보면 전생의 기억 속에 토템신앙에 대한 것들도 있었다.

단군신화도 따지고 보면 곰을 숭상하는 부족과 호랑이를 숭상하는 부족 중에 곰 부족이 이겨서 단군신화가 만들어졌다는 설을 들은 적이 있었다.

'저들에게 이 콘돌은 신의 대리인일 것이다.'

신의 형상을 하고 있는 것이 콘돌이니 저들에게 이 콘돌은 절대 저항할 수 없는 절대의 힘이나 마찬가지였다.

'가만! 그렇다면!'

카라스는 저들과 싸우지 않고 화합할 수 있는 길을 찾은 것 같았다.

이 콘돌을 매개체로 저들과 타협한다면 저들은 싸우려 하지 않을 것이었다.

'그래… 저들을 기반으로 다른 바바리안 부족들을 점령해 나간다면… 침략자라고 할 수 있는 세 나라를 몰아내고 온전히 이 땅을 차지할 수도 있음이다!'

카라스는 왕이 되고 싶은 생각은 없었지만 너무도 가혹한 운명으로 내몰리고 있는 바바리안들을 도와서 그들만의 세상을 만드는 것도 나쁘지 않다고 생각했다.

특히 용병들이 바바리안 처녀들을 사고팔았던 그 기억이 상당히 안 좋게 그에게 자리하고 있었던 탓이었다.

'전생에 아메리카 인디언들은 1,500만 명이 개척과 문명전파라는 명분을 내세운 백인들에게 학살당했지. 이들이라고 달라지지는 않을 것이다. 어디나 인간의 탐욕은… 그리고 다른 인종에 대한 배척은 없어지지 않을 것이니.'

카라스는 차라리 이들을 자신의 휘하에 거두고 새로운 땅을 만드는 것이 낫겠다고 결정했다.

그리고 그런 세상에서 평화롭게 다른 인종의 차이를 넘어서서 교류할 수 있는 그런 땅을 만들고 싶었다.

"친구! 저들이 있는 곳으로 날아가 줄 수 있겠니?"

카라스가 콘돌의 머리 위로 올라가서 손가락으로 바바리안들이 있는 곳을 가리켰다.

그러자 콘돌은 방향을 틀어 바바리안들이 절하며 경배를 올리는 곳으로 날아갔다.

퍼드득! 촤악! 후우우웅!

엄청난 풍압을 만들어 내며 콘돌이 바닥으로 내려섰다.

그러자 지팡이를 든 노인이 놀란 눈으로 다시금 경배의 언어를 토했다.

"엘 파르샤 콘도라!"

끼아아아악!

콘돌은 자신에게 경배를 하는 노인의 모습에 이상함을 느끼는지 커다란 울음을 토해냈다.

하늘을 쳐다보며 우는 그 모습에 노인은 황홀한 표정을 지어보이며 바닥에 엎드려 절을 해댔다.

'훗! 정말이지… 신앙의 힘이라는 것은 놀랍군… 정말이지 놀라워.'

저들에게는 콘돌이 신의 대리자일 테니 그러는 것도 이해는 가는 부분이었다.

그렇다고 해도 만물의 영장인 인간이 어찌 한낱 새 따위에게 경배를 할 수 있다는 것인지, 씁쓸한 미소가 카라스의 입가에 지어졌다.

"악적! 네놈이 어찌 콘도라님과……."

도끼를 꼬나쥔 채 노인의 등 뒤로 달려 나온 거한이 외쳤다.

활활 타오르는 적개심을 유감없이 드러내는 그를 보며 카라스는 고개를 저었다.

'저 인간이 족장이었지… 이거야 원…….'

자신의 활에 맞아 사경을 헤맸던 그이니만큼 가장 강렬한 적개심을 품는 것도 무리는 아니었다.

"끼악!"

콘돌은 갑자기 작은 인간이 자신의 친구에게 도끼를 겨누며 소리를 지르자 경계의 울음을 토하며 날개를 활짝 폈다.

몸체를 더욱 거대하게 보여서 상대를 윽박지르는 새들 특유의 행동이었다.

"무례를 범하지 마시오! 엘!"

노인은 창노한 음성으로 도끼를 겨누고 있는 나바로를 질책했다.

족장을 뜻하는 엘인 나바로와 대주술사를 뜻하는 혼인 노인의 강렬한 기세 다툼에 카라스는 회심의 미소를 지었다.

족장이라고 해도 함부로 부족을 다스릴 수는 없는 법이다.

역사를 돌이켜 보더라도 제정일치를 이룬 국가는 별로 없었던 것을 보면 알 수 있었다.

제사를 지내는 제사장과 정치를 담당하는 군주는 사사건건 대립하고 반목했던 것이 부족국가 시대였다.

"나는 콘돌의 친구인 카라스라고 합니다. 결코 그대들과 싸우고자 하는 것은 아니니 무기를 거두기 바랍니다."

카라스가 정중한 어투로 말했다.

비록 언어는 통하지 않겠지만 정중한 태도와 웃음을 잃지 않는 얼굴을 보고도 공격하지는 않을 것이었다.

8장

귀환

바바리안의 일족인 바야호족의 대주술사이자 제사장인 혼 카르테는 부족의 신앙의 대상인 콘돌을 타고 내려온 카라스에게 경외감을 가졌다.

인간이 어찌 신의 대리자라고 할 수 있는 콘돌을 탈 수 있겠는가.

"혼 카르테입니다, 신의 대리자시여!"

말은 통하지 않았지만 그의 행동에서 느껴지는 경건한 기세에 카라스는 미소를 지으며 가볍게 인사했다.

'이제부터 나는 신의 대리자여야 한다. 그런 존재가 인간

에게 결코 허리를 숙이지는 않지.'

카라스는 사기꾼이 될 망정 이 사람들을 살리고 거대한 세력을 일굴 수 있다면 그리 하리라 다짐했다.

'지금은 말이 통하지 않으니 헬렌으로부터 통역 아이템을 얻어와야겠다. 뭐를 하든 말이 통해야 하니까.'

카라스는 일단 자신이 콘돌과 함께 하는 사람이라는 것을 보여주었으니 물러갔다가 다시 올 생각으로 카르테에게 말했다.

"나중에 다시 봅시다, 다시 올 것이니."

"신의 대리자시여! 가, 가시는 것입니까!"

카르테는 카라스가 돌아가려 함을 느끼자 다급히 만류하려 했다.

그러나 카라스는 이야기가 통하지 않은 상황에서 더 있는 것은 무리라 여겼다.

"흥! 죽기 싫어서 도망가려나 봅니다, 흔!"

"뭣이요! 아무리 엘이라 하나 신의 대리자께 불경한 것은 용서할 수 없소!"

카르테가 강력하게 반발하며 나서자 나바로는 입술을 질겅질겅 깨물었다.

거대한 콘돌이 눈앞에서 부리부리한 눈을 부릅뜨고 자신을 아니꼽게 쳐다보는 것도 큰 부담이었다.

생각만 같아서는 당장에라도 카라스의 머리통을 쪼개버리고 싶은 심정은 굴뚝같아도 실행할 수는 없었다.

'나를 공격한다면… 너는 신을 배척한 존재가 될 것이고… 아마 부족에서 추방당할 수도 있겠군.'

신앙이라는 것은 절대적인 것이기에 그 신앙의 미몽에서 깨어나지 않는 한 부정하는 모든 것을 배척하는 습성이 있었다.

"그럼 나중에 봅시다."

카라스는 그렇게 말한 후 곧바로 콘돌의 등에 올라탔다.

기다렸다는 듯이 콘돌은 카라스를 태우고 하늘로 날아올랐다.

한 바퀴 부족들의 머리 위를 맴돈 후 카라스가 가기를 원하는 곳으로 날아갔다.

"비, 비상종을 울려라! 어서!"

야크 요새의 병사들은 거대한 콘돌이 그림자를 짙게 드리우며 날아오자 비상종을 타종했다.

뎅뎅뎅뎅!

긴급을 알리는 타종이 미친 듯이 울리자 요새 안에 있던 병사와 용병들이 일제히 목책으로 달려 나왔다.

그들은 거대한 콘돌의 접근에 바짝 긴장하며 네일을 쳐다보았다.

"네일님! 저 괴조를 막아주십시오, 부탁드립니다."

"흐음… 그리하겠네."

네일은 제자인 카라스가 실종된지 며칠이 지난 터라 상당히 마음이 심란스러웠다.

그러던 차에 괴조가 등장하자 곧바로 엔다이론을 소환했다.

"엔다이론이여, 나에게로 오라!"

후웅! 스스스스슷!

아름다운 외모를 한 여전사의 형상의 엔다이론이 네일의 앞에 모습을 드러냈다.

그러자 네일은 하늘에 떠서 날아오는 괴조를 가리키며 말했다.

"저 괴조를 쫓아내주렴. 부탁한다!"

—그렇게 하죠.

엔다이론은 상급의 정령이기에 의사표현을 할 수 있었다.

대답과 함께 공중으로 날아오르며 커다란 물의 창을 만들어 괴조를 향해 날아갔다.

—괴조여! 돌아가라! 더 이상의 접근은 용납지 않겠다!

정령의 기운을 사방으로 풍기며 기세를 드러낸 엔다이론 탓에 콘돌은 분노를 드러냈다.

아무리 정령이라고 해도 하늘의 제왕인 자신에게 적의를 드러내는 것은 용납할 수 없는 행위였다.

'이런… 스승님이 나서셨군.'

카라스는 급히 다가오는 엔다이론에게 외치듯이 말했다.

"엔다이론님, 저를 알아보시겠습니까?"

─응? 너는… 맹약자의 제자가 아니더냐.

"맞습니다. 이 콘돌은 제 친구입니다. 결코 적이 아닙니다."

─그래? 일단 여기서 기다리거라. 맹약자에게 이 사실을 알리도록 하겠다.

"부탁드립니다."

─그럼!

엔다이론이 급히 아래로 내려갔다.

멀리서 보니 엔다이론이 허공에 뜬 채 네일에게 뭔가를 이야기하고 그 말을 들은 사람들은 놀란 눈으로 허공에 뜬 콘돌을 쳐다보았다.

"이제 가도 되겠다. 친구 내려가 줘."

카라스의 말에 반응을 하여 콘돌은 적개심이 사라진 땅으로 내려섰다.

후웅! 퍼드득! 쿠쿵!

두 다리로 지면을 밟고 내려서자 사람들이 우르르 몰려들었다.

특히 제일 앞에서 달려오는 사람은 얼굴이 반쪽으로 변해 있는 릴리아였다.

"남펴언! 남펴언~"

어디서 그런 힘이 나오는지 전사들을 제치고 달려오는 릴리아가 그대로 콘돌에서 내린 카라스에게 안겨들었다.

퍼억!

"이크!"

카라스는 릴리아가 다치지 않도록 몸을 반 회전시키며 안전하게 그녀를 받아들었다.

"어떻게 된 거예요. 걱정했잖아요. 흐앙!"

릴리아가 울음을 터트리자 카라스는 그녀를 진정시키기 위해 힘을 주어 안으며 등을 다독였다.

"미안해. 사정이 좀 있었어. 그래도 이렇게 돌아왔잖아. 응? 그러니까 그만 울어."

"흐끅… 다시 이러면 정말… 흐윽… 남편을 다시는 안 볼 거예요. 알았어요?"

"후후! 그래, 그렇게 하자고."

카라스는 눈물을 훔치는 릴리아를 내려놓으며 다가온 네일에게 정중하게 인사를 올렸다.

"스승님, 조금 늦었습니다. 죄송합니다."

"아니다. 이렇게 돌아왔으니 된 거지. 한데 저 거대한 괴조는 어떻게 된 것이더냐?"

네일의 물음에 카라스는 싱긋 웃으며 친구가 되어버린 콘돌과 얽혔던 이야기를 짧게 해주었다.

엘 나바로에게 추격당해 강물로 뛰어들고 그렇게 해서 가게 된 곳에서 만났던 것과 거대한 뱀과 함께 싸우며 친구가 되었다는 이야기였다.

간략한 이야기였지만 듣는 사람들은 카라스의 그 모험에 환호했다.

사람으로 태어나서 그런 진기한 경험을 할 수 있다는 것도 엄청난 행운이라 여긴 것이었다.

'이제는 돌려보내야 하는데… 바야호족의 협력을 얻어내려면 반드시 필요한데… 어쩐다……'

다음에 갈 때도 반드시 콘돌을 타고 가야 했다.

신의 대리자로 믿는 바야호족은 콘돌과 함께라면 결코 자신을 공격할 수 없었다.

그것 때문에라도 콘돌의 도움이 절실했다.

'연락할 방법이 있다면 좋겠군. 하아……'

카라스는 어떻게 할까 고민하던 차에 한 가지 방법이 떠올랐다.

연락을 할 수 있는 방법이 굳이 없더라도 콘돌이 알 수 있도록 하는 방법은 존재했다.

'마법수정구!'

통신을 위해서 마법사들이 사용하는 마법수정구는 거리가 300킬로미터 정도 떨어진 곳까지 연락을 취할 수 있었다.

방식은 수정구의 좌표를 읽고 그곳으로 마법으로 연락을 하는 것인데 이쪽에서 연락을 취하면 상대방의 수정구가 밝게 빛나는 것으로 확인이 가능했다.

'콘돌은 수정구가 빛나면 나에게 와주면 된다. 그것이 내가 콘돌을 부르는 신호이니.'

카라스는 급히 떠오른 생각에 멀직이 서 있는 헬렌에게 말했다.

"레이디 헬렌! 혹시 마법수정구가 있습니까?"

"물론이에요. 마법사라면 누구나 가져야 할 기본 아이템이니까."

"잘 됐군요. 마법수정구를 좀 주시겠습니까?"

"수정구를요? 여, 여기요."

카라스는 수정구를 받아들고 주변에 다가와 있던 병사의 벨트에 달려 있는 밧줄을 보고 그에게 다가갔다.

"밧줄을 좀 주시오."

"예? 여기 있습니다."

밧줄까지 받아든 카라스는 수정구를 밧줄로 단단히 묶은

후에 콘돌에게 다가갔다.

그리고 긴 밧줄을 내밀며 말했다.

"친구! 이 밧줄에 달린 수정구가 빛나면 나에게로 와줄래?"

"끼악~"

자신에게 밧줄을 내미는 것이 꺼려졌지만 친구인 카라스가 하는 말은 영성이 트인 콘돌은 알아들었다.

목을 내려 그 밧줄을 걸 수 있도록 하자 카라스가 콘돌의 목에 조이지 않도록 느슨하게 묶었다. 흘러내리지는 않을 것이라 잃어버릴 염려는 없었다.

"이만 가봐. 나중에 네가 보고 싶으면 수정구가 빛을 발할 거야. 그때 여기로 와주면 돼. 알았니?"

"끼아악!"

콘돌은 카라스가 하는 말을 알아들었는지 고개를 한 차례 끄덕인 후 나래를 펼치며 날아가 버렸다.

"후아… 저… 저 괴조는 정말이지… 어떻게 사람의 말을 알아듣는 거죠?"

헬렌은 괴조가 카라스의 말을 알아듣는 것이 너무도 신기했다.

정령사들은 영의 존재를 믿고 그들과 함께 살아가는 존재이기에 영물에게 영성이 존재한다는 것을 본능적으로 알고 있었다.

하지만 마법사는 현상의 법칙을 탐구하는 자들답게 그런 것에 대해 조금은 믿지 않는 경향이 존재했다.

"영물은 영성이라는 것이 존재합니다. 몬스터들이 본능적으로 파괴를 하려고 하는 것은 흉성에 물들어 있기 때문인 것처럼."

"아… 그, 그렇군요."

헬렌은 카라스의 말에 자신이 배워야 할 것들이 너무 많다는 것을 실감했다.

가장 뛰어난 지성을 가지고 있다는 마법사가 정령사인 카라스에게 항상 배우는 것에 주눅이 든 것이다.

"이만 들어갑시다. 해야 할 이야기가 꽤 되거든요."

"그렇게 하자꾸나."

네일을 혹시 잘못된 것은 아닌가 노심초사했던 제자가 돌아오자 기꺼운 마음으로 카라스와 함께 관사로 향했다.

그 뒤를 릴리아와 헬렌, 그리고 게일을 비롯한 용병단의 주요 단원들이 따랐다.

"그런 일이 있었다니… 진정으로 진귀한 경험을 했구나."

네일의 말에 카라스는 묵묵히 고개를 끄덕이며 활짝 웃었다.

"그럼 이제 어떻게 할거예요? 바야호족을 복속시킬 수 있다면 이곳에서 싸워야 할 이유가 없잖아요."

"릴리아님, 그게 그렇게 쉽게만 생각할 문제는 아닙니다."

게일의 말에 릴리아는 무슨 뜻인지 몰라 그를 쳐다보며 계속 이야기를 해보라며 눈치를 줬다.

"이곳의 대다수를 차지하는 사람들은 개척단 소속의 용병들입니다. 그들은 돈 때문에 이곳에 온 자들인데 그것이 가능하겠습니까?"

"그럼 다른 곳으로 옮겨가서 싸울 거라는 뜻인가요?"

"물론입니다. 이곳에서 용병들이 버는 수입은 한 달에 평균적으로 10골드에 달합니다. 그런 큰 돈을 벌 수 있는데 야만족인 바바리안들의 안위를 걱정할 자들은 아니죠."

"하아… 돈이 문제군요. 언제나 그렇듯이……."

릴리아는 돈이 관련된 이상 그 돈을 벌기 위해서 온 용병들이 카라스의 뜻에 동조하지 않을 거라는 말에 낙심했다.

"방법은 있습니다."

카라스가 단호한 어조로 말을 꺼내자 모두는 그에게 시선을 집중했다.

"방법이 있는게냐?"

"네, 이걸 봐주세요."

카라스가 테이블 위에 작은 조각들을 꺼내놓았다.

"이게 뭐에요?"

"사금이야."

릴리아는 누런빛을 발하는 금속조각을 얼른 손으로 잡은 뒤 이빨로 깨물었다.

"와! 진짜네요. 이 정도로 큰 사금조각이라니……."

콩알만 한 크기의 사금조각에 모두는 깜짝 놀랐다.

저 정도로 커다란 사금이 있는 곳이라면 그곳을 차지하면 엄청난 부를 거머쥘 수 있다는 뜻이었다.

그리고 더러운 용병짓을 하지 않더라도 자신들의 노력으로 부를 축적할 수도 있을 것이다.

"사금이 어디 있는지 알고 있는게냐?"

"물론입니다. 제가 빠졌던 강이 산맥을 관통하는 지점은 많은 모래턱이 존재합니다. 그곳에 있습니다."

카라스는 어차피 바야호족의 근거지인 곳이라 터놓고 말할 수 있었다.

어차피 이곳에서 배신할 수 있는 사람은 존재하지 않았다. 온전히 믿을 수 있는 그들이니 다른 곳으로 흘러나갈 이유도 없었다.

"그들이 벌 수 있는 토대를 만들어 준다면 반대하지는 않을 게다. 어차피 목숨을 걸고 싸우는 것보다야 그게 더 나을 테니까."

사금을 채취할 수만 있다면 용병들도 목숨 걸고 싸워야 하는 상황을 달가워하지 않을 것이다.

그리고 서로 협력하여 큰 세력을 일궈낼 수 있다면 본국에 있는 가족들도 이곳으로 불러들일 수 있을 것이니 일석이조의 선택이었다.

"지금부터 이곳에 적을 두고 있는 용병들을 물색해 보십시오. 호전적인 자는 쫓아내던가 해야 하니까요."

"알겠습니다, 단장님!"

게일은 야만족이라 부르는 바바리안들과의 싸움이 그리 내키지 않았다.

침략자인 자신들이 원주인을 야만인이라 매도하며 죽이고 그들의 것을 빼앗는 것이 마음에 들지 않았던 차였다.

그런데 카라스가 이런 이야기를 꺼내자 그 누구보다 쌍수를 들어 환영하며 앞장서서 용병들을 물색하리라 나선 것이었다.

"특히 바야호족의 여인들과 결혼을 한 사람들을 위주로 알아보세요. 그들이라면 바야호족에 대한 감정이 나쁘지는 않을 겁니다. 어쩌면 죄책감을 가지고 있을 수도 있는 문제니까요."

"알겠습니다."

카라스가 게일에게 지시를 내리는 모습을 보며 네일은 흐

못한 미소를 지었다.

아무리 생각해도 자신이 늘그막에 거둔 새로운 제자는 자신의 기대보다 훨씬 더 큰 사람이 될 거 같다는 그런 생각에 절로 고개가 끄덕여졌다.

"바야호족을 흡수하게 되면 문제가 생기는 것은 그것만이 아니다. 그건 알고 있겠지?"

"물론입니다."

가장 큰 문제는 바로 리넥스 백작과 그 가신들, 그리고 개척단의 다른 용병들이었다.

그들은 땅을 차지하기 위해서 바바리안 부족들을 계속해서 밀어내고 있는 상황이었다.

그런 상황에서 바바리안들과 함께 하는 세력이 생기는 것을 절대 원하지 않을 것이었다.

"리넥스 백작에게는 철저하게 비밀로 해야 합니다. 그리고 본국에서 새로운 사람들, 특히 마법사나 대장장이 등을 스카웃해야 합니다. 비밀이 밝혀지기 전까지는 말입니다."

"그래야겠지. 리넥스 백작이 알게 되면 제일 먼저 공격하려 할 테니까 말이야."

"어차피 왕국 쪽과는 싸우고 싶은 생각이 없습니다. 바야호를 시작으로 바바리안 부족들을 통합하면 본국에서도 결국에는 물러서게 될 거니까요."

바바리안들이 밀리는 이유는 뭐니뭐니해도 부족 간에 서로 적대적 관계라는 점 때문이었다.

믿는 토템이 다른 이들이기에 자신의 토템과 다른 토템을 믿는 이들을 용납하지 못했다.

그렇기에 치열하게 서로 싸웠고 결국에는 풀뿌리처럼 흩어진 채 세 나라의 개척단 정도에 밀리고 있는 것이었다.

'아직 개척단 초기이기에 망정이지… 몇 년만 더 흘렀다면 지금 신대륙에는 적어도 수십만이 넘는 병력들이 들어와 있을 것이다.'

카라스의 말에 네일도 마지막으로 걸리던 부분이 사라지는 느낌을 받았다.

아무리 왕국의 은혜를 모두 버리고 왔다지만 자신이 태어나고 자란 나라였다.

그런 나라를 배신한다는 것은 아무리 대의명분이 좋다고 해도 꺼려지는 것이었다.

"지금까지의 토의 내용을 모두 동의하십니까?"

"물론이다."

"당연하죠. 전 언제나 남편 편이에요. 호호!"

릴리아마저 동의한다고 나서자 자리에 모인 다섯 명은 모두 힘찬 눈빛을 교환하며 의지를 다졌다.

"그럼 바로 시작하도록 하죠. 게일은 용병들 회유를… 저는 바야호족의 회유에 들어가겠습니다."

"그러려무나. 난 나대로 알아보도록 하겠다."

"네, 스승님!"

카라스는 스승의 도움에 감사의 인사를 올리며 회의를 마쳤다.

"반가워요. 헬렌의 소개로 온 스칼렛이에요."

금발을 단정하게 숏커트로 자른 날씬해 보이는 여인의 인사에 카라스는 서둘러 악수를 청했다.

"반갑습니다. 제이크입니다."

"헬렌에게 듣자니 라이더를 구하신다고 들었어요. 그리고 계약을 맺으면 바로 기간트를 지급한다고 하던데… 맞나요?"

스페어 라이더로 블루 마탑에 있는 것보다 이곳에서 마음껏 라이딩을 할 수 있다면 얼마든지 옮길 의향을 가지고 이곳으로 왔었다.

그런데 너무도 젊어 보이는 카라스의 모습에 과연 사실인가 하는 의문을 드러냈다.

"맞습니다. 오픈!"

카라스는 의심의 눈빛을 지우지 못하는 스칼렛에게 일부러 마법 가방을 열고 그 안에 들어 있는 기간트의 구속 아이템을 꺼냈다.

아공간 마법진이 새겨진 벨트에는 착용자를 주인으로 인식하게끔 각인 마법진이 따로 새겨져 있었다.

"어머! 블루 마탑에서 만든 슬저급 범용기간트 페이트네요. 3기나 가지고 계신 거예요? 와아! 정말 대단하시네요."

젊은 나이게 3기의 기간트를 소유하고 있다는 것은 엄청난 부를 갖고 있다는 소리였다.

그 점을 이야기하는 스칼렛에게 카라스가 싹 무시하고 본론을 꺼냈다.

"계약을 하시겠습니까? 무슨 일이 있더라도 5년간은 우리 용병단을 위해서 일을 해야 한다는 조건입니다. 물론 대우는 확실하게 해드릴 겁니다."

"좋아요. 기간트를 가질 수 있다면 무슨 일을 시키시더라도 군말 없이 따르겠어요."

"후후! 좋습니다. 그럼 계약을 하도록 하죠."

카라스는 스칼렛을 데리고 헬렌에게로 갔다.

마법사가 하는 계약의 마법으로 묶는 이유는 자칫 바야호족을 흡수하여 새로운 세력으로 거듭나려고 할 때 스칼렛이 이탈하는 것을 방지하기 위함이었다.

"스칼렛은 지금 개척단이 이곳에서 행하는 일들에 대해서 어떻게 생각합니까?"

"음… 제가 뭐라고 할 사안은 아닌 거 같아요. 그리고 딱히 생각해 본 적도 없구요."

"그렇군요."

생각해 본 적이 없다는 말은 이런 상황에 대해서 아무런 거부감도 가지고 있지 않다는 뜻이었다.

그런 스칼렛에게는 반란으로 비춰질지도 모를 자신의 선택을 알리지 않기로 했다.

일이 벌어진 다음에 억지로라도 일에 동참하게 만드는 것이 최선이라 판단했다.

똑똑!

"들어오세요."

문을 열고 들어가자 헬렌은 마법 계약을 할 준비를 모두 마치고 기다리고 있었다.

"어서 와, 스칼렛!"

"호호! 오랜만이야. 얘!"

두 사람은 친구라고 하더니 반갑게 인사하며 서로의 볼에 가볍게 입을 맞추며 두 손을 맞잡고 좋아했다.

"계약하기로 한 거니?"

"웅! 기간트를 가질 수 있는데 안 하면 그게 멍청한 거지."

"잘 했어. 나이트 제이크께서 생각보다 대우도 훌륭하게 해주고 배려도 해주는 분이거든."

"흠흠!"

자신을 앞에 두고 무슨 말을 하느냐며 헛기침으로 주위를 환기시킨 카라스는 서둘러 테이블로 가며 말했다.

"계약을 하도록 하죠. 그리고… 전에 말한 통역 아티팩트는 만들어졌습니까?"

"네, 여기요."

헬렌이 건네는 한 쌍의 반지에는 서로 다른 언어를 통역해서 알려주는 마법이 걸려 있었다.

바야호족과 이야기를 하려면 반드시 필요한 것이었다.

"감사합니다. 그럼 계약을 하도록 하죠."

"네. 거기 앉으세요."

헬렌이 권하는 의자에 앉은 카라스는 그녀가 내미는 계약서를 꼼꼼이 살펴본 후 자신의 이름을 적고 수결했다.

스칼렛 역시 똑같이 따라하며 계약서에 서명하자 작은 바늘로 손끝을 찔러 피를 낸 후 계약서 위에 떨어뜨렸다.

툭! 후웅! 징! 징! 징!

마법이 걸려 있는 계약서는 피가 떨어지자 진동을 일으키며 환한 빛을 토했다.

그리고 계약서 전체에 붉은 혈선들로 이루어진 마법진의 모습이 흐릿하게 새겨졌다.

"다 됐어요. 이제 계약서대로 이행하는 것만 남았네요."

"여기 있습니다, 레이디 스칼렛!"

"감사합니다. 최선을 다해서 일하겠습니다."

"그렇게 해주세요. 아참! 그리고 라이딩에 소질이 있는 자들을 가려 뽑아서 스킬을 전해주세요. 아직 2대의 기간트가 남아 있고 레이디 헬렌이 분해한 기간트도 다시 사용할 수 있을지 모르니까요."

"아… 그렇게 할게요."

자신이 가진 것 외에 3기의 기간트가 더 있다면 대단한 전력을 갖춘 것으로 볼 수 있었다.

"저 그런데… 라이더를 더 모집하는 것은 어떠신가요?"

"응? 라이더를 모집할 방법이 있는 겁니까?"

"본국에는 꽤 많은 라이더 지망생들이 수련을 받고 있어요. 하지만 전부 라이더가 되는 것은 아니에요. 기간트가 워낙 고가의 물건이다 보니 대다수는 스페어 라이더로 머무는 경우가 많거든요."

"흠… 본국이라……."

본국에서 이곳으로 오는 방법은 오로지 배를 타고 3개월 가까운 항해를 해야 하는 방법뿐이었다.

그러니 가는 배를 통해서 연락하고 모여서 다시 오려면 족히 반년 이상의 시간이 걸린다.

'방법을 모색해야겠다. 본국에 자리 잡고 안정적으로 인원을 보충해줄 수 있는 사람이 누가 있을까?

카라스는 그런 사람을 떠올리려 아는 사람들을 모두 따져 봤지만 믿을 수 없는 자들이 거의 전부라고 할 수 있었다.

'뉴먼 백작… 그분이라면 믿을 수 있을 것이다.'

왕국에 충성하는 사람이기는 했지만 그렇기에 그가 사람을 모은다면 충분히 뛰어난 인재를 조달해줄 수 있을 것 같았다.

'조만간 포트 프론테로 가봐야겠군.'

리넥스 백작을 만나는 일이 껄끄럽기는 했지만 이곳으로 자신을 태워다 준 보르네시아 중령이 돌아가기 전에 만나야 했다.

이야기를 전해줄 사람으로 그만한 적임자가 없으니 별 수 없었다.

"시간이 걸려도 스카웃하실 의향이 있으시면 제 아카데미 후배들을 추천해 드리고 싶어서요."

스칼렛은 평민으로 라이더가 된 여성이었다.

하지만 아카데미에서 발군의 실력을 보였고 그 덕분으로 어린 나이에 블루 마탑의 스페어 라이더가 될 수 있었다.

그런 그녀가 추천하는 라이더라면 다분히 뛰어난 라이더들일 것이었다.

"좋습니다. 부탁드리죠."

"호호! 제가 추천장하고 그 후배들의 이름을 알려드릴게요. 본국으로 연락을 취하는 것은 제이크님이 하셔야 해요."

"물론입니다."

스칼렛은 양피지에 빠른 속도로 추천장을 써내려갔다. 모두 3장의 추천장을 쓴 후 각기 다른 이름을 봉투에 쓴 후 그 추천장을 넣고 봉인했다.

"여기 있어요."

"고맙소."

카라스는 그 추천장을 갈무리하며 바로 포트 프론테로 넘어가기 위해 자리를 떠야 했다.

"오랜만일세, 나이트 제이크!"

"안녕하셨습니까!"

보르네시아 중령은 출항을 이틀 앞둔 시점에서 카라스가 자신을 찾아오자 무척이나 반가워하며 환대를 해주었다.

3개월 동안 한곳에서 밥을 먹고 생활을 하면 없던 정도 생겨가는 법이었다.

"모레 출항을 하는데 이렇게 찾아와 주니 너무 고맙네."

"하하! 벌써 돌아가셔야 하다니… 무운을 빌겠습니다. 후후!"

"고맙네. 지난번처럼 드라켄의 공격만 없으면 무척이나 평화로운 항해가 될텐데 말이야. 하하! 이번에는 제이크 자네가 없으니 누굴 의지해야 할지 모르겠네."

너스레를 떠는 보르네시아 중령을 보며 카라스는 빙그레 미소를 지었다. 그리고 작은 선물을 하나 꺼내서 앞으로 내밀었다.

"응? 이게 뭔가?"

작은 상자를 의아한 눈으로 쳐다보던 보르네시아 중령은 대답이 없는 카라스를 보며 상자를 풀었다.

"헛!"

"제 선물입니다. 비록 중고이기는 해도 중령님께 꼭 필요한 물건이실 거 같아서요."

"이건… 고맙네."

거절을 하려고 했지만 카라스가 가진 마법 가방의 수가 100개가 넘어가는 것을 잘 알고 있었다.

그리고 기간트도 4기나 구입한 거부임을 알기에 부담을 줄일 수 있었다.

"그래 이런 선물이나 주려고 날 찾아오지는 않았을 것이고… 원하는 바가 무엇인가?"

"이걸 뉴먼 백작 각하께 전해주셨으면 합니다."

준비해 온 서신은 뉴먼에게 마법사와 장인들을 구해달라는 내용이 적혀 있었다.

그리고 새롭게 용병단의 단원을 충원해야 하는데 그 인원들도 정기적으로 보충해줄 수 있겠냐는 내용이 담겨져 있었다.

"무슨 내용인지 알 수 있겠나?"

"음… 별 거 아닙니다. 마법사와 대장장이, 그리고 건축기술을 가진 사람들을 구해달라는 내용입니다. 그리고 그들을 모집해서 이곳으로 보내달라는 겁니다."

"어느 정도의 인원을 모집하기에 백작 각하께 부탁을 하는 건가? 적은 수라면 그분께 부탁하지 않을 것 같은데 말이야."

"좀 많죠. 후후!"

"하하하! 얼마나 되는지는 몰라도 비밀인가 보구먼."

"네? 그건 아니지만… 후우… 반년에 한 번씩 충원을 해야하니 한번 이동시킬 때 최소 5백 명은 데리고 올 생각입니다."

"뭐? 그 정도 인원을 모집하려면 돈도 돈이지만 상당한 시간이 걸릴 걸세. 그건 생각해 봤나?"

"물론이죠. 그래서 백작 각하께 부탁을 드리려는 겁니다. 대신 그 반대급부를 확실하게 치룰 생각입니다."

"으음……."

보르네시아 중령은 카라스가 가진 부가 어느 정도인지 가늠해 보았다.

기간트가 4기에 마법 가방도 100여 개가 넘으니 작게 잡아도 수십만 골드는 호가할 것으로 추측했다.

"그러지 말고 자네 나랑 동업할 생각 없나?"

"동업이요?"

"갤리온은 무리지만 무장 캐랙선을 세 척 구입하는 것은 그렇게 비싸지 않네. 그걸 이용해서 본국과 이곳을 오가며 사람들을 데리고 오는 거네. 어떤가?"

"네? 그건……"

카라스는 너무도 뜬금없는 제안에 머리가 멍해지는 기분이었다.

그러나 그 방법이 가장 확실한 방법이 될 수도 있겠다는 판단이 섰다.

그리고 보르네시아 중령 정도의 사람이라면 확실하게 믿을 수 있다는 점도 매력적이었다.

"캐랙선이 얼마나 합니까? 대형 캐랙선이라고 부르는 것을 보면 제법 비쌀 거 같은데요."

"지금 항구에 정박해 있는 대형 캐랙선 중에 리넥스 백작이 팔려고 내어놓은 배가 있네. 백작이 이곳으로 올 때 산 배인데 너무 많이 산 나머지 처분해야 할 처지일세."

"아… 그럼 3년이나 된 배 같은데 괜찮겠습니까?"

"흐흐! 항해 한 번을 한 배일세. 말끔하게 유지하고 있어서 새 배라고 해도 거의 믿을 것일세."

"흠! 그걸 산다면 얼마에 살 수 있겠습니까?"

"한 척당 3만 골드 정도면 될 거라 보네."

새 대형 캐랙선을 건조하려면 족히 8만 골드는 주어야 한다.

하지만 필요도 없는 짐 덩어리를 떠안고 있어야 하는 입장인 리넥스 백작은 반값도 안하는 가격에라도 감지덕지하면서 살 것이었다.

"후후! 좋네요. 그 배들을 사도록 하죠. 대신 그 배를 운행하는 것을 중령님께서 맡아주십시오."

"정말인가? 하하하! 내 자네의 말대로 하겠네."

보르네시아 중령은 항해만 할 수 있다면 어디든 상관없었다.

특히 자신의 꿈을 마음껏 펼칠 수 있는 기반이 있는 곳이라면 새롭게 시작하는 것이 더 나은 선택이라 굳게 믿었다.

9장

키라트 부족

배를 구입하는 일부터 시작하여 새롭게 제이크 용병단의 선박으로 등록하는 일까지 모두 일사천리로 진행되었다.

돌아갈 때는 리넥스 백작이 모아들인 신대륙의 물품들만 싣고 가는 탓에 최소한의 선원으로도 충분했다.

덕분에 리넥스 백작에게 퇴역을 신청한 보르네시아 중령 이 따르는 부하들을 데리고 대형 캐랙선 3척을 몰고 본국으로 돌아갔다.

끼아아아아악!

헬렌의 도움으로 콘돌에게 마법통신으로 신호를 보낸 카

라스는 얼마 지나지 않아 반가운 소성을 들을 수 있었다.

'후후! 진짜로 와주었구나.'

영성을 지닌 콘돌은 자신의 새끼와 자신의 목숨을 구해준 카라스를 진정한 친구로 여겼다.

덕분에 그가 자신을 보고 싶어서 부르는 것에 곧바로 날아왔다.

물론 콘돌의 둥지가 있는 곳에는 더 이상의 포식자가 존재하지 않아서 마음 편히 올 수 있었는지도 모를 일이었다.

"어서와, 친구!"

카라스가 땅에 착지한 콘돌에게 달려갔다.

그러자 콘돌은 반가움을 표시하며 커다란 부리로 카라스의 몸을 살짝 밀며 비벼댔다.

"끼악!"

콘돌의 울음소리에 카라스는 빙긋 미소를 지으며 부리를 쓰다듬어주었다.

"지난번에 너를 신의 대리자로 경배하던 인간들이 있는 곳에 가야 해. 같이 가줄 거지?"

카라스의 부탁에 콘돌은 크게 고갯짓을 하며 바닥에 주저앉았다.

어서 올라타라는 몸짓에 카라스가 점프를 하며 등에 가볍게 내려섰다.

"가자!"

끼아아아아아악!

기쁨의 울음을 토해내며 콘돌은 창공을 향해 거침없이 날아올랐다.

거센 풍압이 느껴지고 가슴이 뻥 뚫리는 듯한 그 기분에 카라스는 자유를 만끽했다.

말로 달려도 하루는 족히 걸릴 바야호 부족이 있는 곳까지 10여 분 만에 날아간 카라스는 부족의 천막들이 가득한 곳으로 콘돌에게 내려가 달라고 부탁했다.

"오오! 엘 파르샤 콘도라!"

"신의 대리자시여! 어서 오십시오!"

콘돌이 다시 등장하자 바야호족의 전사들과 부족민들이 우르르 몰려나왔다.

수많은 랩터를 타고 있는 전사들은 멀리서 경계를 하다고 달려오는 수고를 마다하지 않았다.

"신의 대리자시여!"

늙은 주술사가 앞으로 나오자 카라스는 헬렌에게서 받아온 마법통역 아이템을 그에게 내밀었다.

"이걸 차세요."

"저에게 내려주시는 것입니까? 오오! 감사합니다. 감사……."

신의 대리자가 자신에게 선물을 주는 것에 감격한 혼 카르테는 두 눈에 눈물을 그렁그렁 맺으며 기뻐했다.

"들리십니까?"

"헉! 우리말을 할 줄 아십니까? 역시 신의 대리자십니다. 오오!"

카르테는 신의 대리자로 여기는 카라스의 자신들의 말을 하는 것에 깜짝 놀라며 반가워했다.

"후후! 그건 아니고 마법으로 상대의 말을 알아들을 수 있게 하는 아이템입니다."

"아… 그, 그러시군요."

카르테는 그렇다고 해도 놀라운 이적이라 생각했다.

자신이 알고 있는 수많은 주술 중에는 그런 이적을 행하는 방법은 없었다.

자신이 할 수 없는 영역의 일을 해내는 것을 보면 그건 분명 이적이라고 생각한 것이다.

"악적! 네놈이 또 왔더냐? 이번에는 곱게 돌아가지 못할 것이다. 으드득!"

이를 갈며 자신을 향해 분노를 드러내는 나바로에게 카라스는 피식 웃고 말았다.

"계속해서 싸우기를 원한다면 얼마든지 싸워주겠다. 하지만 그걸 원치 않는다면 그냥 있는 것을 권하지."

"뭐라고 지껄이는 것이냐! 앙!"

카라스의 말을 알아들은 카르테는 그렇지 못한 나바로에게 그가 한 말을 그대로 전해주었다.

"악적! 네놈들이 먼저 벌인 싸움이다. 그리고 지금까지 죽어간 부족의 영혼이 지하에서 통곡하고 있다. 그런데 어찌 싸움을 마다할까!"

나바로가 강력하게 분기를 토하며 외쳤다.

그 말을 카르테에게 전해들은 카라스는 고개를 가로저었다.

"그래서. 남은 부족원들마저 죽게 할 생각이냐? 지금은 겨우 5만의 개척단이 온 상황이다. 내년에는 그보다 더 많은 수가 올 것이고 그 다음해는 또 더 늘어나겠지. 싸움으로 계속해서 숫자가 줄어드는 바야호족이 무슨 수로 그들을 감당할 것인가. 답해보겠는가?"

카라스의 물음을 그대로 전해주는 카르테가 은은한 두려움을 느끼며 도로 물었다.

"정말로 그 많은 침략자들이 온다는 말씀이 사실입니까?"

"그렇습니다. 지금은 구대륙의 세 나라에서만 사람들이 왔지만 이제는 더 많은 나라에서 개척단이라는 이름을 내걸로 이 땅을 침략할 겁니다."

"아… 엘 파르샤 콘도라시여! 우리를 굽어 살피소서!"

카르테는 멀뚱히 서 있는 콘돌을 보며 절하며 자신들을 도와달라고 애원했다.

"흥! 네놈의 거짓말에 속을 내가 아니다!"

강력하게 거짓이라 부정하며 두려움에 질려가는 부족원들의 마음을 돌리기 위해 더욱 강하게 나왔다.

"운디네 소환!"

후웅! 스스스슷!

물의 정령이 허공중에 나타나는 광경을 주술사인 혼 카르테는 똑똑히 볼 수 있었다.

"자연의 존재시여, 오심을 환영합니다."

카르테의 인사에 운디네도 꾸벅 인사하며 물의 기운을 카르테에게 흩뿌렸다.

"허허허! 감사합니다."

"정령은 자연의 존재. 결코 거짓말을 하지 않습니다. 그것은 알고 있습니까?"

"물론입니다."

"그럼 지금부터 내가 하는 말이 거짓인지 아닌지 운디네에게 물어보십시오."

"그렇게 하겠습니다."

"운디네!"

카라스가 부르자 운디네는 얼른 달려와 얼굴 앞쪽에서 빙

빙 맴돌며 주인에게 애교를 부렸다.

"내가 속한 나라만 해도 병사들과 싸울 줄 아는 전사들이 50만 명이 넘는다. 이것이 사실이냐, 거짓이냐!"

카라스의 말에 운디네는 가만히 주인의 감각을 공유한 후 고개를 끄덕였다.

"허어… 그렇게나……."

카르테가 놀라자 그걸 지켜보던 나바로는 겁이 덜컥 났다.

아무리 대단하고 용맹한 바바리안들이라지만 자신들을 뿔뿔이 흩어진 채 반목하는 생활을 해왔다.

그런데 저들 침략의 무리들은 엄청나게 많은 숫자가 계속해서 침략을 해올 것이라고 하지 않는가.

"프랑크 왕국은 우리와 비슷한 숫자의 전사들을 보유하고 있다. 이것이 사실이냐!"

끄덕끄덕!

운디네가 고개를 끄덕이자 카르테는 점점 패닉 상태에 빠져들었다.

최후의 일인까지 결사항전을 할 각오는 되어 있지만 이건 해도 해도 너무 한다는 생각마저 들 지경이었다.

"내 장담하건데 채 몇 년이 지나지 않아서 저 머나먼 구대륙에서 이 땅을 빼앗기 위해 수십만에 달하는 침략자들이 강철거인을 이끌고 올 것이다. 그것은 정해진 수순이다."

"아아… 엘 파르샤 콘도라시여!"

망연자실한 카르테의 모습에 나바로는 입술을 깨물며 분노를 참아야 했다.

저자는 분명 자신의 땅을 침략한 침략자였다.

그런 그가 왜 이런 이야기를 하는지 끝까지 들어볼 생각이었다.

"어떻게 해야 하는 겁니까, 신의 대리자시여!"

카르테의 말에 카라스는 자신이 처음에 가지고 온 생각을 그대로 전했다.

"바야호족을 기반으로 주위 부족들을 합쳐야 합니다. 그렇게 큰 세력을 만들어서 저들을 몰아내면 됩니다. 그러기 위해서는 적어도 전사들의 수만 10만은 넘어야 합니다."

"그렇게나 많이 필요한 것입니까? 하아……."

바야호족의 전사들은 이제 겨우 3천 정도가 남아 있었다.

계속된 싸움으로 1만에 가깝던 전사들 중에 그 정도 인원이 남은 것이었다.

"내가 그걸 돕겠습니다. 침략자들 가운데는 결코 이런 것을 원하지 않는 선한 자들도 있습니다. 그들이 돕는다면 어렵지 않을 겁니다."

카라스의 말에 혼 카르테는 허리를 숙이며 신의 대리자에게 경의를 표했다.

"신의 대리자를 믿습니다. 부디 우리 부족을 이끌어주십시오."

"혼! 무슨 말도 안 되는 소리입니까! 저 침략자에게 우리 부족의 운명을 맡기다니요!"

족장인 엘 나바로가 강하게 반발했다.

그를 따르는 전사들 가운데 몇몇은 벌써 도끼를 꼬나쥐며 언제라도 카라스를 공격할 움직임을 보였다.

"멈춰라! 엘 파르샤 콘도라께서 와계신 자리니라! 감히 신께 대항하려는 것이더냐!"

일갈을 터트리는 혼 카르테에게서 강한 기세가 퍼져 나왔다.

주술력이라 부르는 그 힘은 도끼를 들고 있는 전사들을 억눌렀다.

"크윽……."

"죄, 죄송합니다, 혼!"

전사들이 굴복하자 혼 카르테는 끝까지 저항하는 나바로에게 시선을 돌렸다.

"아무리 엘이라 하나 끝가지 신께 대항한다면… 나 혼 카르테의 이름으로 그대를 부족에서 축출할 것을 선언하노라!"

혼 카르테의 강한 기운이 실린 음성이 사방으로 퍼져 나갔다.

그 말을 들은 부족의 전사들은 서로를 쳐다보며 노선을 정해갔다.

결국은 강력한 힘을 소유한 혼 카르테를 따르는 전사들이 더 많았고 그들은 일제히 무릎을 꿇으며 외쳤다.

"엘 파르셔 콘도라! 신의 뜻대로 이루어질 것입니다!"

강한 믿음이 담긴 진언을 외우는 그들의 모습에 카라스는 가슴이 뛰는 것을 느꼈다.

'단순하지만 그 누구보다 믿음이 강하고 충직한 이들이다. 저들이라면… 가능할지도 모르겠군.'

카라스는 고개를 끄덕이며 반드시 새로운 세상을 이룩하고 말겠다는 의지를 다졌다.

"좋소이다. 신의 뜻이 그렇다면 부족의 엘로서 따르리다. 하지만 저들이 지금까지 해온 짓들은 어떤 뜻이라고 해도 정당화될 수는 없소. 해서 제안을 하겠소."

"말하시오, 엘 나바로."

"우리의 형제부족인 키라트 부족이 위험에 처해 있으니 그들을 구해주시오. 그럼 내 저들을 인정하겠소!"

카르테는 마지막으로 제안하는 엘 나바로의 말을 카라스에게 전했다.

만약 저 제안을 거절하게 된다면 나바로를 따르는 전사들과 자신을 따르는 전사들이 싸우게 될 것이었다.

"어떻게 하시겠습니까?"

카르테의 물음에 카라스는 키라트 부족이 어디에 있는 부족인지 알 수 없어 도로 되물었다.

"키라트 부족은 어디에 있는 부족입니까?"

"저 영험한 엘 카이서스의 위쪽에 터전을 잡은 이들입니다."

"아… 그렇다면……."

프랑크 왕국의 개척단이 영토를 넓히기 위해서 맹렬하게 공격하고 있는 곳이었다.

경계를 마주하고 있는 프랑크 왕국의 개척단은 언젠가 반드시 물리쳐야 할 곳이기도 했다.

'아직 요새의 용병들도 회유하지 못한 상황이거늘… 가능할지 모르겠군.'

망설임은 오래가지 않았다.

부족을 공격하여 약탈하는 부족들은 대부분 용병단 단위로 움직였다.

그들을 게릴라전으로 요격한다면 얼마든지 해낼 수 있었다.

그리고 자신에게는 그 어떤 것보다 유리한 것이 한 가지 존재했다.

'후후! 하늘에게 저격을 가한다면 그 누가 있어서 나를 막을 수 있을까?

아무리 기간트가 대단하다고 해도 상공 200미터 이를 떠다니는 콘돌을 제압할 방법은 인간은 가지고 있지 않았다.

"좋소. 내 그들을 구해주지."

카라스는 강한 신념이 실린 음성으로 말하자 나바로의 안색이 살짝 변했다.

침략자가 침략자를 공격하여 자신들의 동맹부족을 구해주겠다고 하니 과연 이를 믿어야 하는 것인지 의문이었다.

"모든 것을 신의 대리자께 맡기겠습니다."

"후후! 믿는 대로 보답받을 것입니다."

카라스는 그렇게 말한 후 키라트 부족을 구하기 위한 싸움에 나설 생각으로 콘돌을 타고 돌아왔다.

"나도 가겠어요."

릴리아는 카라스가 키라트 부족을 구하기 위해서 홀로 가겠다고 하자 일전불사의 의지를 드러내며 같이 가겠다고 나섰다.

"릴리아! 콘돌을 타고 싸워야 하는 일이야."

"나도 알아요. 하지만 지금까지 남편만 위험한 일을 하는 거잖아요. 마음 졸이며 기다리는 것은 이제 더는 안 할래요."

"음......"

"그리고 저도 정령사에요. 분명 도움이 될 거라구요."

땅의 정령사인 릴리아지만 그녀가 가진 마나의 양은 상대적으로 너무 적었다.

정령술 한 번 사용하면 그대로 넉다운을 면치 못할 것이었다.

"나도 함께 하겠다. 그러는 편이 낫지 않겠느냐?"

네일까지 나서는 것에 카라스는 골치가 지끈거렸다.

분명 네일은 자신보다 더 강력한 힘을 소유한 실력자였다.

하지만 게릴라전은 자신이 자신하는 최대의 전술이었고 철태궁과 파이어 밤을 장착한 철시를 가지고 싸운다면 절대 안전한 싸움이 될 것이었다.

'스승님과 릴리아의 걱정은 알지만… 후우… 별 수 없는 것일까?'

두 사람의 마음이 편안할 수 있다면 조금의 수고로움은 충분히 감내할 수 있었다.

"알겠습니다. 함께 가도록 하죠. 그럼 저는 준비해야 할 것이 있어서."

"그래, 그만 나가보거라."

"네, 스승님!"

카라스가 준비를 하기 위해 나서자 얼른 릴리아가 따라나서며 팔짱을 끼었다.

"무슨 준비를 하려는 건가요?"

"콘돌에 타기 위해서는 준비가 필요해. 나는 그냥 깃털을 붙잡고 버티면 됐다지만 스승님과 릴리아는 아니잖아."

"아……."

카라스가 만들려고 하는 것은 두 사람이 안전하게 콘돌 위에 앉을 수 있도록 도움을 주는 물건이었다.

바로 안장으로 콘돌이 불편하게 여기지 않게끔 만들어야 했다.

"제가 도울 것은 없어요?"

"흠… 릴리아는 헬렌에게 가서 파이어 밤 스크롤을 받아오도록 해. 지금까지 만들었으면 100장은 넘을 거야."

"알았어요. 수고해요, 남편!"

"후후! 릴리아도 수고해."

카라스는 릴리아가 헬렌의 방으로 사라지자 서둘러 자신의 작업공간으로 만들어 놓은 공방으로 향했다.

지난번에 입수한 뱀의 가죽을 이용해서 안장과 가죽끈을 만든다면 절대적으로 안전한 물건을 만들어 낼 수 있을 것이었다.

끼아아아악!

강렬한 소성을 터뜨리며 하늘을 날아가는 콘돌은 자신의

땅이라고 할 수 있는 엘 카이서스를 지나자 더욱 크게 포효했다.

마치 자신의 적이 있다면 어서 자신의 영역 바깥으로 물러나라고 소리치는 듯했다.

"허허! 이 안장이 대단히 편안하구나."

"그럴 거예요. 인체공학적 설계를 한 끝에 만들어낸 물건이거든요."

"응? 인체공학적 설계?"

"아… 사람의 몸에 딱 맞게 설계했다는 거예요."

"그런 것도 있었더냐. 허허! 세상 참 많이 좋아졌구나."

그런 것이 있는지 모르는 네일은 등받이에 푹신하게 엉덩이를 받쳐주는 안장을 매만지며 기꺼워했다.

"산맥의 끝입니다, 스승님!"

적어도 2,000미터는 되는 높이에서 날아가는 중이었다.

정령사가 아니었다면 고스란히 추위와 싸워야 했을 정도의 높이였다.

그리고 아래쪽은 실제 거대해야 할 바위가 그저 손톱만 한 크기로 보였다.

"서북쪽으로 가자꾸나."

"서북쪽으로요? 알겠습니다."

상급의 정령사인 네일은 엔다이론을 먼저 보내서 혹시 프랑크 쪽 개척단이 바바리안 부족들을 공격하고 있는지 찾게 했다.

그래서 그의 말에 따라 곧바로 진로를 수정하며 서북쪽을 향해 빠르게 날아갔다.

끼아아아아아아악!

콘돌은 인간은 도저히 따라갈 수 없는 시력을 지녔다.

2천 미터 상공에서 아래에서 움직이는 모든 것들을 확인할 수 있을 정도였다.

'저쪽인가?'

카라스는 콘돌이 아래로 하강하자 매고 있던 철태궁을 움켜잡았다.

적들이 키라트 부족을 공격하고 있다면 그대로 요격하여 패퇴시킬 작정이었다.

'아니지… 모두 죽여야 한다. 입을 막으려면 그 방법을 쓸 수밖에… 어차피 돈에 영혼을 판 자들이다. 그런 자들을 죽이는 것에 망설일 이유 따위는 없다.'

의지를 다지며 철시를 시위에 건 카라스는 자신의 눈에 적들의 모습이 보이기를 기다렸다.

'기간트까지 동원한 것인가?'

카라스는 기간트의 거체가 눈에 제일 먼저 들어오자 인상을 찌푸렸다.

철시로 매머드는 잡을 수 있어도 기간트를 상대할 수는 없었다.

아무리 날카로운 공격을 가해도 강철을 뚫으려면 철시에 오를 덧씌울 수 있어야 했다.

"내가 도울 것이니 공격하도록 하여라!"

"네!"

짧게 대답한 카라스는 아래로 내려가는 자세를 유지한 채 철태궁을 만작했다.

그가 노리는 것은 제일 앞쪽에서 바바리안 부족의 근거지를 맹렬하게 공격하고 있는 은색의 철갑옷을 입은 자였다.

끼릭! 피잉! 쎄에에에엑!

번개처럼 쏘아져 나가는 철시가 낙하하는 힘을 더하여 더욱 빠르고 강력하게 떨어져 내렸다.

퍼걱! 콰아아앙!

갑옷을 입은 자의 투구를 꿰뚫고 박혀 들어가는 철시가 폭발을 일으키고 상대는 머리통이 통째로 날아간 채 죽어나갔다.

"헉! 저, 적의 공격이다!"

용병들은 불가능한 공격에 주위를 살폈다.

이미 바바리안 부족의 전사들은 모두 죽었고 남은 것은 노약자들과 바바리안의 여인들이었다.

그런 상황에서 마법이 날아들고 용병대장의 머리통이 날아가 버렸다.

쉬잇! 퍼걱! 콰아앙! 콰콰쾅!

하늘에서 떨어져 내리는 섬전이 용병들에게 향하고 그대로 폭발하며 몇몇 용병들까지 그 화염에 휩쓸려 죽어갔다.

"위… 위다!"

용병들은 하늘을 쳐다보았다. 그러자 그곳에는 빙빙 허공을 맴돌고 있는 거대한 괴조가 유유히 날고 있었다.

"으으… 저, 저걸 어떻게 막아!"

"빌어먹을…….."

높이 떠있는 관계로 거기에 타고 있는 세 사람의 모습은 확인이 불가능했다. 그러니 용병들은 더욱 겁을 집어먹을 수밖에 없었다.

"커헉!"

"끄득!"

이번에는 폭발하는 것이 아니라 심장을 부여잡으며 용병들이 말에서 쓰러져 내렸다.

카라스의 운디네가 예의 수법으로 마나를 다루지 못하는 용병들을 우선적으로 공격한 탓이었다.

콰앙! 콰콰쾅!

폭발이 일어나는 것이 더욱 빨라지고 횟수는 더욱 늘어

났다.

바바리안 부족의 천막들을 거의 점령할 뻔했던 용병들은 분루를 머금고 퇴각을 해야 했다.

"퇴, 퇴각하라! 퇴각!"

기간트가 있어도 모두 죽는다면 아무런 소용이 없는 일이었다.

퇴각을 알리는 외침이 터지자 제일 먼저 기간트가 움직였고 그 뒤를 살아남은 용병들이 꽁지가 빠져라 달려 나갔다.

"아래로 내려가자!"

"끼악!"

카라스의 말에 아래로 내려앉는 콘돌은 키라트 부족의 생존자들이 일제히 몰려나와 절을 하는 것에 도도하게 고개를 세웠다.

"엘 파르샤 콘도라!"

"신의 대리자시여! 구원해 주셔서 감사드립니다."

모든 전사들이 죽어나간 상황인 탓에 그들을 맞이한 것은 여인들이었다.

그중에서도 주술사의 복장을 한 젊은 여인은 카라스를 뚫어져라 쳐다보고 있었다.

"카라스요. 이것을 받으시오."

통역 아티팩트를 건네자 주술사는 반지를 손에 쥐었다.

"이제 내 말을 알아들을 수 있겠소?"

"아… 말씀하세요. 신의 대리자시여."

"나는 바야호 부족의 혼인 카르테님으로부터 키라트 부족을 도와달라는 부탁을 받았소."

"혼 카르테님께서… 흐흑… 감사합니다, 대리자님!"

처음에는 침략자와 같은 자들로 생각하여 경계하는 눈빛을 드러냈던 여인은 혼 카르테의 이름이 나오자 바로 눈물을 흘리며 서럽게 울었다.

조금만 더 빨리 와서 자신들을 구해줬으면 하는 원망도 다분하게 섞여 있음을 카라스는 느낄 수 있었다.

"살아남은 부족의 전사들은 없소?"

"흐흑… 네… 전사들은 모두 가족들을 구하기 위해 맹렬히 강철괴물과 싸웠어요. 하지만… 흐윽……."

"으음… 미안하게 됐소. 하지만 우리는 그들과는 다르오. 바바리안 부족들과 함께 공존하며 새롭고 커다란 세상을 만들고자 하는 사람들이니 안심하시오."

"네… 믿을게요."

혼 카르테가 보낸 사람이니 믿겠다는 뜻이었다.

그리고 신으로 숭상하는 콘돌과 함께 온 사람이기에 대리자로 따르겠다는 의미가 강했다.

"아… 대리자님!"

"말하시오."

"키라트의 일족 중에 한 지파인 우르파가 적들의 공격을 받을 거예요. 우리를 공격한 악적들이 우르파라는 말을 하는 것을 똑똑히 들었거든요."

천막 안에 숨어서 숨을 죽이고 있던 주술사는 용병들이 떠드는 소리를 들었던 모양이었다.

'후우… 숨 돌릴 틈조차 주지 않는군.'

카라스는 주술사에게 바야호 부족이 있는 곳으로 가는 것이 안전할 거라는 말을 해준 후 다시 콘돌의 등에 올랐다.

'미치겠군.'

아래쪽의 상황은 처음 야크 요새에 도착해서 치룬 전투와 비슷한 양상을 띄고 있었다.

수천 단위의 바바리안 전사들과 그들이 타고 있는 랩터들, 거기에 매머드까지 동원된 총력전이 펼쳐지고 있었다.

그리고 상대 쪽에는 프랑크 왕국의 개척단에 소속된 기간트 120여 기와 3천을 헤아리는 병력들이 평원에서 맞붙은 것이었다.

'이대로 개입하자니 프랑크 개척단에게 정체를 발각당할 위험이 큰데……'

이미 한 차례의 전투를 치루며 수십 명을 죽였지만 기간트 때문에 전멸은 시키지 못했었다.

이번에도 그런 상황이라면 우발적으로 싸움이 일어났다고 핑계를 대지 못할 상황인 것이다.

'어떻게 할까… 끼어들어서 이긴다고 해도 겨우 패퇴시키는 수준에 불과할 텐데.'

카라스가 망설이자 네일이 넌지시 이야기를 꺼냈다.

"프랑크 개척단과는 이미 싸움을 하는 사이다. 그러니 망설일 필요는 없을 것이니라."

"아… 알겠습니다, 스승님!"

카라스는 프랑크 왕국의 개척단에 본격적으로 공격을 가할 생각을 하며 아래쪽으로 콘돌을 움직였다.

"친구! 아래로 가줘!"

"끼악!"

콘돌이 작은 울음을 토하며 아래로 하강해 내려가고 금방이라도 전투를 벌일 듯한 두 진영은 서서히 움직였다.

매머드와 기간트가 먼저 나서고 그들의 맞붙으려고 하는 중간 지점으로 카라스의 콘돌이 내려섰다.

"오오! 엘 파르샤 콘도라!"

"엘 파르서 콘도라! 신께 영광을!"

"카라라라라라라라라!"

바바리안 전사들은 자신들이 섬기는 신앙의 대상이 전장에 현신하자 괴성을 내지르며 거의 광적으로 움직이기 시작했다.

그들이 내달리자 프랑크 개척단에서도 수백 기의 기마가 뛰쳐나왔다.

'응? 저들은… 기사들……'

방패와 강철 갑옷, 그리고 오러가 씌워진 검을 든채 맹렬하게 일자대형으로 달려 나오는 그들의 모습에 카라스는 약간은 당황스러웠다.

'기사단을 동원할 정도라면 프랑크 개척단이 총력을 기울이고 있다는 소리인데… 제길!'

이미 엎질러진 물이었고 그렇다면 최선을 다해서 이겨야 한다.

뒷수습은 어떻게든 해낼 수 있을 거라는 막연한 생각으로 카라스는 콘돌에게 말했다.

"친구! 올라가자!"

기사단을 정면에서 상대할 수는 없었다.

저들의 공격이 미치지 않는 범위로 올라가서 싸워야 한다.

다시금 콘돌이 공중으로 올라가고 바바리안 부족의 머리 위에서 빙글빙글 맴돌았다.

"신의 가호가 우리와 함께 한다! 전사들이여, 우리의 용맹을 유감없이 신께 보여드리자!"

"우오오오오오오오!"

"끼라라라라라라라라라!"

사기가 가득한 함성과 전투에 대한 의지를 알리는 괴성을 함께 내지르며 2천이 넘는 바바리안들은 랩터를 몰아 맹렬하게 기사단을 향해 돌격해 들어갔다.

'반드시 이겨야 할 싸움이다. 진다면 바야호 부족도 회유할 수 없을 것이니.'

병력의 열세, 그리고 20기나 되는 기간트의 숫자가 주는 부담감을 이겨내야 할 싸움이었다.

카라스는 독한 마음을 먹고 프랑크 왕국의 진영을 향해 콘돌을 몰아갔다.

후앙! 쎄에에에엑!

갑작스럽게 날아드는 거대한 뇌전의 창이 콘돌을 향해 밀려왔다.

"헛! 엔다이론! 물의 장벽!"

네일은 고위급 마법사가 펼친 마법이 공중까지 치솟아오르며 공격하는 것에 급히 엔다이론을 움직였다.

휘류류류률룡!

공중에 생성되는 물의 장벽이 만들어지고 뇌전의 창이 진행되어 날아오는 방향을 막아섰다.

콰츠츠츠츠측!

강렬한 충격음을 동반하며 일어난 기운과 기운의 충돌이 공중에 선명한 흔적을 남긴 채 서서히 소멸되어갔다.

"마법사다. 그것도 6클래스는 넘는 자가 저들 가운데 있구나."

상급의 물의 정령사인 네일이 경계를 할 자라면 대단한 실력을 소유한 자일 것이었다.

그런 자까지 버티고 있는 프랑크 개척단과의 싸움이 결코 쉽지는 않을 것만 같았다.

'그래도 반드시 이겨낸다. 이 정도에 주저앉는다면… 무엇을 이뤄낼 수 있겠는가!'

마음을 다잡은 카라스는 철태궁을 손에 쥐며 적진을 뚫어지게 살폈다.

마법을 사용하는 자가 보이면 그 즉시 저격을 할 생각이었다.

'저기다!'

카라스는 회갈색의 로브를 입고 있는 자들을 발견할 수 있었다.

그리고 그들의 손에 들려 있는 우든 스태프에서 뇌전의 기운이 다시 만들어지며 자신을 향해서 공격하려고 하는 것도 보았다.

'네놈들의 공격을 그대로 둘까 보냐!'

카라스는 통아를 연결하고 편전을 끼웠다.

콘돌이 날아가는 탓에 잘 맞출 수 있을지는 의문이었지만 그래도 반드시 맞추고 말겠다는 의지를 편전 하나에 실었다.

"죽어랏!"

강한 일갈을 터뜨리며 편전을 날리는 카라스와 뇌전의 마법으로 콘돌을 요격하기 위해 펼치는 마법사들의 싸움은 이제부터 시작이었다.

10장

이겨야 산다

콘돌을 타고 맹렬하게 날아가며 카라스는 회색의 로브를 걸친 마법사들 중에서 가장 나이가 들어 보이는 자를 노렸다.

주변에 둘러 선 자들은 3개에서 4개까지의 동심원을 로브에 새겨 넣었지만 그는 유일하게 6개의 동심원이 새겨져 있었다.

그리고 그 동심원을 가운데를 가로지르고 있는 검의 형상은 전투마법사임을 보여주는 증거였다.

"라이트닝 스피어!"

"파이어 볼!"

"에어로 캐넌!"

마법사들이 캐스팅을 마치고 지팡이로 표적을 가리켰다.

그러자 뇌전과 화염, 그리고 바람으로 이루어진 마법력들이 강렬한 기운을 토해내며 쏘아져 나갔다.

"엔다이론이여! 저들의 공격을 막아라!"

네일의 창노한 음성이 허공에서 토해지고 엔다이론은 주인의 의지를 따라 앞으로 전진했다.

그리고 만들어지는 물의 창들이 10여 명의 마법사들이 쏘아낸 마법력들과 정면으로 충돌했다.

콰츠츠츠측! 콰쾅 콰아아아앙!

정령력과 마법력의 충돌이 만들어내는 어마어마한 광경에 카라스는 이를 악물었다.

아직은 자신은 해낼 수도 없는 경지의 싸움이었고 고작해야 저격 같은 수단으로 저들을 당해낼 생각을 한 자신이 얼마나 초라한지 깨달았다.

'두고 보아라… 나중에는… 당당히 너희들과 싸워줄 것이니.'

카라스는 자신에 대한 분노와 앞으로의 미래를 위한 일념을 시위에 실었다.

그리고 중앙에 서 있는 그 노마법사를 향해 쏘아 보냈다.

피잉! 쎄에에에에엑!

마법력과 정령력이 충돌을 일으키고 있는 가운데를 뚫고 편전이 빛살처럼 뻗어나갔다.

"헛!"

프랑크 왕국의 개척단에 소속되어 전장에 나온 레이온 마탑의 장로이자 전투마법사인 데니스는 6클래스의 마법사로 7클래스의 벽을 엿보고 있는 실력자였다.

그는 갑작스런 정령의 등장에 콘돌을 타고 있는 이가 누군지 알아보았다.

하여 호승심을 느끼고 모든 마력을 동원하여 공격을 가했다. 그러던 중에 느껴지는 은은한 살기와 등골을 오싹하게 만드는 위험에 대한 본능적인 반응으로 서둘러 마법을 펼쳤다.

"배리어! 더블 실드!"

연달아 방어 마법을 만들어 냈을 때 그곳으로 직격해 들어오는 작고 앙증맞은 화살 하나가 있었다.

콰지지지직!

배리어를 깨뜨리고 두 개의 실드막으로 들어오는 강력한 힘이 실린 것에 데니스는 깜짝 놀랐다.

세상에 그 어떤 궁수가 있어서 이런 엄청난 화살을 날릴 수 있을지 궁금했다.

'저 젊은이인가… 나에게 화살을 날린 이가.'

매직 아이를 통해서 먼거리에 떨어진 카라스의 얼굴을 또렷하게 살핀 데니스는 입꼬리를 살짝 말아 올렸다.

'이대로 당하기만 하면 내가 데니스가 아니지.'

그는 스태프를 들어 올려 콘돌을 향해 뻗어내며 말했다.

"너희들은 방어마법을 펼쳐라. 적의 화살이 예사롭지 않으니!"

"예 장로님!"

"배리어!"

"배리어! 실드!"

후웅! 지지지지지징!

십여개의 방어마법이 펼쳐지고 마법사들의 주위는 온통 푸른 방어마법으로 가로막혔다.

"위대한 마나의 힘이여! 자연의 힘을 왜곡하는 것들을 바로 잡으라! 리버스 그래비티!"

후우우웅!

6클래스의 마법사가 펼쳐내는 리버스 그래비티 마법이 콘돌을 대상으로 펼쳐졌다.

키아아아아!

갑작스런 마법에 걸린 콘돌은 기성을 터뜨리며 추락해 내려갔다.

날개짓을 하기 어렵게 만드는 마법력으로 인해서 벌이진

일에 등에 타고 있는 세 사람은 당황했다.

'빌어먹을 공격마법이 전부가 아니란 소린가?'

콘돌이 아무리 거대한 힘을 지닌 존재라고 해도 갑작스럽게 두 배가 넘는 힘이 가중되면 순간적으로 추락하게 되는 것이다.

그러나 거의 바닥에 닿을 즈음하여 다시 힘을 회복한 콘돌이 날개를 빠르게 펄럭이며 하늘로 올라섰다.

'마법력이 미치는 거리와 편전이 날아가는 거리가 엇비슷하니 문제로군.'

하지만 이대로 마법사들을 둔 채 전투에 돌입할 수는 없었다.

'안 되겠다. 스승님과 릴리아를 내려주고 혼자 싸우는 수밖에……'

카라스는 마법사들을 포기하고 기사들과 기간트를 노릴 생각이었다.

그리 되면 마법사들은 앞쪽으로 나올 수밖에 없을 것이었다.

"스승님! 안전한 곳으로 내려드릴 테니 그곳에서 기다려주십시오."

"저들을 어찌 상대할 생각이더냐? 그건 안 될 말이다."

"제게 맡겨주십시오. 결코 저 마법사들을 상대할 생각이 없으니까요."

"으음……."

"후후! 믿어보세요. 스승님!"

"허어… 알았다."

"친구! 저기로 가자!"

카라스의 말에 콘돌은 자신을 위험하게 만들었던 적에 대한 분노를 고스란히 드러낸 채 내려갔다.

휘이이잉! 쿠쿵!

"조심해요."

"그래 조심하거라."

"후후! 염려하지 마세요. 그럼!"

콘돌은 복수를 위해 다시금 전의를 불태우며 날아올랐다.

하지만 공중으로 올라갔을 때 카라스가 가리킨 방향은 마법사들이 아니라 매머드와 기간트들이 충돌하고 있는 곳이었다.

"저기로 가야 해."

"끼악?"

불만스런 기성을 토하는 콘돌에게 카라스는 자신의 생각을 이야기했다.

"저들은 마법사야. 안전한 보호 속에 있는 저들은 상대하기 어려워. 그러니까 기간트를 먼저 부숴서 저들을 위험한 곳으로 끌어내야 해!"

콘돌은 카라스가 하는 말뜻이 무엇인지 알아들었지만 여전히 불만스러운지 눈을 반개한 채 방향을 틀었다.

부우웅! 카카캉!

매머드의 거대한 상아가 달려드는 기간트의 방패와 충돌을 일으켰다.

압도적인 매머드의 힘 앞에 기간트는 그대로 뒤로 밀려났다.

하지만 수적인 우위를 바탕으로 다른 방향에서 기간트용 렌스를 찔러가는 공격에 매머드의 옆구리에 커다란 상처가 만들어졌다.

"크오오오옹!"

고통에 울부짖는 매머드는 자신에게 고통을 안겨준 적에게 거칠게 돌진해 들어갔다.

—피하랏!

라이더들은 매머드의 돌격 공격에는 일체 대응하지 않고 분연히 옆으로 물러서며 피했다.

그러자 또다시 뒤쪽으로 허점이 드러나고 기간트의 렌스가 또다시 휘둘러졌다.

"피해야 해! 아몬!"

매머드의 사육사는 정신계 정령의 도움으로 서로 영적으

로 이어진 존재였다.

만약 매머드가 죽게 된다면 사육사인 자신도 죽게 될 것이었다.

쿠쿵! 쿠쿠쿵!

매머드는 사육사의 의지대로 미친 듯이 앞으로 움직이며 렌즈 공격을 피해냈다.

그러나 너무 커다란 몸이 방해가 되어 방향선회가 무척이나 느리게 이루어졌다.

—삼각 대형으로! 2호는 방어! 내가 공격한다!

—로져!

쉬익! 쎄에에엑!

2호 기간트가 회전하는 매머드의 옆으로 다가가 방패로 시야를 가리는 사이 뒤로 돌아간 1호가 그대로 렌즈를 찔러갔다.

이대로 공격을 당하게 된다면 치명적인 부상을 입게 될 것이 분명했다.

"아아······."

사육사는 눈을 질끈 감았다. 이제 자신의 매머드는 저 가증스러운 강철괴물이 휘두르는 강철의 창에 의해서 죽음을 맞이할 수도 있었다.

끼아아아아아아!

갑자기 들려오는 우렁찬 기성에 사육사의 눈이 떠졌다.

그리고 가공할 속도로 날아온 콘돌이 그대로 뒤쪽에서 공격을 가하려고 하는 기간트의 등판을 내리 찍었다.

콰아앙! 콰지지직!

날카롭게 거대한 발톱이 그대로 강철로 덮여 있는 기간트의 등판을 짓이겨 버렸다.

그리고 그 충격을 이기지 못한 기간트가 앞으로 강하게 쓰러지자 사육사는 급히 매머드에게 외쳤다.

"아몬! 저 괴물을 부셔!"

"크히히히힝!"

매머드는 자신의 위기를 벗어나게 해준 콘돌의 도움에 거친 울음을 토하며 방패로 막고 있는 기간트를 향해 돌진했다.

콰쾅! 주루루루룩!

강렬한 박치기 공격에 기간트는 땅바닥에 처박힌 채 수십 미터를 넘게 굴러야 했다.

아무리 강철로 만들어진 단단한 장갑을 가지고 있어도 그 공격에는 내부가 보호되지 못했다.

―크헉… 으으…….

라이더는 온몸의 뼈가 다 부러져 나간 부상을 입고 서서히 정신을 잃어갔다.

후웅! 파앗!

기간트의 눈부위에서 빛이 사라지고 움직임이 멎어버렸다.

남은 한 대의 기간트는 뒤로 주춤거리며 물러서고 사육사는 그런 기간트를 향해 손을 뻗었다.

"아몬! 끝장 내!"

매머드는 이제 한 대밖에 남지 않은 강철 괴물을 향해서 빠른 속도로 달려갔다.

미련하게 일직선으로 달려가는 것이 아니라 기간트가 움직이는 동선을 따라가는 그 움직임에 라이더는 생명의 위협을 느껴야 했다.

―퇴, 퇴각한다! 전장 이탈!

기간트는 거체를 틀어 매머드에게 등을 보인 채 죽을 둥 살 둥 모르고 달렸다.

그렇게 달려 나가자 이제는 매머드의 추격을 받는 처지가 되어 버렸다.

부아아앙!

바짝 뒤를 추격하던 매머드가 머리를 아래에서 위로 쳐들었다.

거대한 상아가 기간트의 가랑이 사이로 파고들었다가 그대로 위로 집어던지듯이 날려버렸다.

―으… 으아아아아!

비명을 지르며 10미터 정도 허공으로 떠올랐던 기간트가 바닥으로 거칠게 떨어져 내렸다.

쿠웅! 휘스스슷!

흙먼지를 가득 만들어내는 기간트의 추락은 곧 먼지가 걷히자 어떤 형상이 되었는지 알 수 있었다.

―크흑… 우… 움직여… 움지…….

부웅! 콰지직!

매머드의 커다란 다리가 쓰러진 채 움직이지 못하던 기간트의 가슴을 그대로 짓뭉개 버렸다.

―크아아악!

비명을 지르며 죽어가는 기간트 라이더의 단발마를 끝으로 매머드는 거칠게 신형을 틀었다.

"아몬! 네 친구를 돕자! 가자!"

뿌아아아아아앙!

기쁨의 기성을 토해내며 아몬이라는 이름을 가진 매머드가 다른 기간트들과 싸우고 있는 친구를 돕기 위해 달려 나갔다.

'엘 파르샤 콘도라! 감사합니다, 대리자시여!'

사육사는 자신을 도와준 콘돌에게 감사의 경의를 표하며 더욱 전의를 불태워갔다.

"으득! 저 괴조는 도대체 어떻게 된 것인가!"

프랑크 왕국의 개척단장이자 마스터의 반열에 올라있는 검호인 플로레스 후작은 분통을 터뜨렸다.

이번에 바라트 왕국의 개척단을 괴멸시키기 위해서 바로 옆에 있는 바바리안 부족을 쓸어내기 위해서 출전한 상태였다.

자신과 휘하의 기사들, 그리고 마탑의 장로까지 불러들인 싸움이었기에 무조건 대승을 거둘 것이라 생각했었다.

"네일 후작이 분명합니다, 각하!"

"네일? 그 정령사 말인가?"

"그렇습니다."

플로레스 후작은 네일이라는 이름을 곱씹으며 분노를 터뜨렸다.

"감히 정령사 따위가 내 앞을 막아섰다는 말인가? 크아아! 저 빌어먹을 새를 어떻게 치워야 하는지 머리를 굴려봐! 어서!"

분통을 터트리는 플로레스 후작의 가신들은 전전긍긍을 면치 못했다.

하늘을 떠다니는 콘돌을 잡을 수 있는 유일한 방법이 마법사의 마법인데 그것도 500미터가 넘어가면 마법력이 미치지 못했다.

"각하! 본국에서 와이번 기사단을 요청하는 수밖에 없겠습니다. 저 괴조를 잡을 방법은 그것이 유일합니다. 아니면…
드래곤킬러가 꼭 필요합니다."

드래곤킬러로도 잡을 수 있을지 의문이었다.

하지만 그 무기가 있으면 접근을 하지 못하도록 만들 수는 있을 것이었다.

"지금 당장 잡으라는 내 말을 이해하지 못했나? 앙!"

"하오나… 죄송합니다, 각하!"

가신들에게 분통을 터뜨린다고 해서 콘돌을 잡을 수 있을 것은 아니었다.

하지만 그렇게라도 화를 풀려고 하는 플로레스 후작은 분통을 터뜨리며 말했다.

"젠장할! 병력을 물려라. 요새로 퇴각한다."

"충! 명을 받들겠습니다."

이미 기간트의 반절에 가까운 수가 파괴된 상황으로 사실상 패배라고 할 것이었다.

더 싸운다고 해서 전황을 뒤집을 방법이 없으니 이대로라도 물러서야 했다.

"각하! 아직은 아닙니다."

퇴각 명령을 전하기 위해 가신이 달려가는 것을 막으며 다가온 자는 다름 아닌 마법사 데니스였다.

"방법이 있는가?"

"저들은 각하께서 이곳에 있는 것을 모릅니다. 그러니 저희들이 나서면 분명 저 괴조는 저를 잡기 위해 움직일 것입니다."

"그렇게 생각한 이유는?"

"분명 저 괴조에는 세 사람이 타고 있었습니다. 한데 지금은 한 사람만 타고 있습니다. 네일과 여자 정령사는 내리고 젊은 궁수 하나가 타고 있다는 소리입니다."

"해서."

"저와의 싸움을 피하고 기간트들을 상대한다는 것은 마법사와의 싸움을 꺼린다는 반증입니다. 그러니 제가 홀로 적진으로 접근하면 어떻게 되겠습니까?"

"데니스 자네를 죽이기 위해 습격을 할 거다 이말인가?"

"맞습니다. 그러니 각하께서 함께 계시다가 내려서는 괴조의 등에 탄 자를 잡으십시오. 저는 마력결계를 만들어서 괴조를 붙잡을 것이니 말입니다."

"호오… 그럴싸한데… 좋다! 그대의 뜻대로 하지. 퇴각은 취소다!"

"감사합니다. 각하!"

"그럼 저 빌어먹을 애송이를 잡으러 가볼까!"

플로레스 후작은 자신의 애검을 뽑아들고 투구의 바이저

를 내렸다.

평소에 평범한 갑옷을 즐겨 입는 탓에 외향만으로는 그 누구도 그를 고위귀족이자 마스터라 여기지 않았다.

씨익!

드러나는 이빨에서 진득한 살기가 흘러나오고 그가 짓는 입술의 움직임은 카라스에 대한 조소로 가득했다.

'저자가 홀로 나섰다… 아니 기사 하나의 호위를 받고?'

아무리 6클래스의 전투 마법사라고 해도 기사 하나의 호위를 받으며 전장의 한가운데로 나오지는 않을 것이었다.

'이것은 기회인가… 아니면 나를 잡기 위한 함정인가…….'

카라스는 어떻게 해야 할지 고민했다.

이대로 두기에는 저 늙은 마법사는 두고두고 후환거리가 될 것이 분명했다.

자신의 실력이 일취월장하여 저자를 상대할 수준까지 오르려면 적어도 몇 개월, 아니면 족히 몇 년은 부단히 노력해야 할 것이었다.

"일단 떠보는 것도 나쁘지 않겠지."

카라스는 콘돌을 움직여 전장의 중앙으로 나오고 있는 마법사를 향해서 날아갔다.

하늘 높이 올라갔다가 그대로 추락하듯이 일직선으로 내려 꽂히는 길을 선택한 카라스는 철태궁에 세 대의 철시를 걸었다.

'마법이 닿지 않는 거리까지만 내려간다. 거기서 쏴도 중력으로 인해 더욱 강한 힘이 실릴 테니까.'

카라스는 비릿한 조소를 지으며 철태궁의 시위를 놓았다.

빛살처럼 뻗어나가는 3발의 철시가 그대로 벼락이 치듯이 데니스의 머리를 향해서 쇄도해 들어갔다.

"위험하다!"

플로레스 후작은 철시가 쏟아져 내리자 강한 힘이 실려 있는 것을 느끼며 옆으로 물러섰다.

마스터의 빠른 움직임은 미처 피하지 못한 데니스까지 들고 움직일 정도로 빨랐다.

쎄에엑! 콰콰콰아아아아아!

세 대의 철시가 바닥에 닿자마자 강렬한 폭음과 함께 화염의 폭풍을 만들어냈다.

"크홋!"

"시, 실드!"

플로레스 후작은 화염의 폭풍이 밀려들자 급히 망토를 둘러 안면을 보호했다.

데니스는 실드 마법으로 급히 두르며 방어에 나섰다.

'조금만 더 내려 오거라… 조금만 더!'

데니스는 지금 철시로 공격을 하고 있는 젊은 궁수와 콘돌이 자신의 마법 범위내로 들어오기를 기다렸다.

'네놈은 모를 것이다. 내 마법의 범위가 50미터 정도 더 길다는 것을…….'

처음 싸움이 벌어졌을 때 그는 실력을 조금 숨기며 상대 정령사의 방심을 유도했었다.

그리 길지 않은 거리라고 할지 모르겠으나 50미터라는 거리는 그 누구도 한 번에 도망갈 수 없는 거리였다.

'회심의 공격이 남아 있다… 어서 오너라… 어서!'

또 한 번의 철시 공격을 가하며 내려오는 콘돌의 높이가 자신의 마법력의 제공권 안에 들어왔음을 느꼈다.

'너는 이제 죽었다!'

데니스는 감춰두었던 비장의 무기를 꺼냈다.

최상급의 마나석이 박혀 있는 아티팩트는 마나가 모자라 펼치지 못하는 7클래스의 마법을 한번 펼칠 수 있게 해주는 자신만의 무기였다.

"받아라! 마력결계 발동! 나의 대적을 잡을 지어다! 하압!"

후우우웅! 콰츠츠츠츠측!

거대한 마법의 결계가 허공을 가득 메웠다.

그 어떤 것도 빠져나가지 못하고 또 들어올 수 없도록 만드는 마법결계가 범위 안에 들어와 있는 카라스와 콘돌을 완벽하게 가둬버렸다.

그리고 서서히 결계를 조이며 콘돌이 내려앉도록 유도했다.

'아뿔싸!'

카라스는 콘돌의 강력한 힘으로도 뚫지 못하고 아래로 내려갈 수 밖에 없는 상황에 이를 악물었다.

그리고 마법사의 옆에 선 기사의 검에서 황홀하게 피어오르는 마스터의 증표를 보고 인상을 굳혔다.

"지독한 함정이었군… 훗! 그러나 이대로 당해줄 수는 없지. 이대로는……."

카라스는 어떻게 해서든 이 함정을 빠져나가고 말겠다는 의지를 드러냈다.

그 의지가 전해진 탓인지 우왕좌왕하던 콘돌도 다시금 힘을 내서 마법결계와 몸싸움을 벌였다.

외전

그놈의 죽음

이진태는 30대가 지나서 너무 치열한 서울의 삶에 지쳐갔다. 그러던 중 누군가가 해준 말에 귀가 솔깃해졌다.

"야! 태국이 그렇게 좋단다."

"정말? 뭐가 그렇게 좋은데?"

"흐흐! 거기 여자들이 아시아권에서는 제일 예쁘잖냐. 그리고 가난하다 보니 외국 남자들, 일본이나 한국인들에게 후하단 말이지."

"그래?"

이진태는 그 말에 평생을 모태솔로로 살아온 자신에게도

여자를 만날 수 있는 길이 열리는 것인가 하고 생각했다.

'그래 태국으로 가자. 한국인이 아니면 어때, 여자면 되는 거지. 흐흐!'

별다른 흥미도 없이 히키코모리처럼 방 안에만 처박혀서 지내 온 지난 삶을 뒤로 한 채 진태는 태국행 비행기에 올랐다.

현란한 사이키 조명과 레이저가 눈을 어지럽게 만드는 곳에서 진태는 폼을 잡고 위스키를 들이켰다.

'데이빗이 과연 성공할 수 있을까?'

지금 진태가 기다리는 사람은 태국에 와서 사귄 데이빗이라는 미국인 친구였다. 잘생긴 외모에 길쭉길쭉한 몸길이를 자랑하는 데이빗은 클럽에서 백전백승의 승률을 자랑하는 여자킬러였다.

'호오… 예쁘네… 정말 예뻐.'

진태가 보고 있는 곳은 여자에게 화려한 말빨과 미소, 그리고 은근한 터치를 동원하여 꼬시는 데이빗과 20대 초반의 태국 아가씨들이 있는 곳이었다.

"태! 컴온!"

손짓을 하며 부르는 것에 진태는 '드디어!'라는 회심의 미소를 지은 채 잔을 들고 아가씨들이 있는 테이블로 걸어갔다.

"싸왓디 카~"

"사와디 캅!"

약간은 후진 발음을 구사하는 진태가 아는 몇 안 되는 태국어, 바로 인사말이었다.

"쿤 탐응언 아라이……."

갑자기 길게 이어지는 태국어에 진태는 바짝 굳어 버렸다.

"탐마이야!"

아가씨는 굳어버린 진태에게 약간은 짜증난다는 어투로 말했다. 그리고 완전히 관심을 끊어버린 그녀는 다른 남자가 접근하자 술잔을 부딪치며 이야기를 나눴다.

'제길… 이래서 언어가 중요하다니까.'

진태는 새로운 아가씨와 부비부비를 추는 데이빗을 보며 속으로 눈물을 흘렸다.

'씁… 모태솔로가 어디 가겠냐. 태국에 온다고 벗어나리라 생각하다니… 크윽!'

진태는 자신의 자리로 돌아가 술을 들이켰다. 이것에서 자신이 할 수 있는 유일한 일은 오직 술을 마시는 것이었다.

'기초영어도 못하는 나라가 있을 줄이야… 태국은 참 요상한 나라야… 요상해…….'

푸념을 하며 술을 마시기를 한참동안 해서 거나하게 취했을 때 데이빗이 꼬신 아가씨와 함께 왔다.

"태! 팔로우미!"

따라오라는 말에 데이빗을 따라나간 진태는 혹시나 하는 마음으로 데이빗에게 엄지손가락을 추켜세워 주었다.

'빌어먹을 새끼… 역시 서양놈들은 거지라는 말이 맞았어.'

지금껏 술값부터 시작하여 모든 돈을 자신이 낸 것을 속으로 투덜댔다. 피핌 시실리폰이라고 이름을 말해준 아가씨가 친구를 부르러 간 사이 편의점에서 강장음료를 사와서 데이빗에게 준 진태였다.

바다다당! 부아아아앙!

요란한 할리데이비슨의 배기음과 함께 심야의 도로를 질주해 오는 것이 보였다. 그리고 느닷없이 두 사람의 앞에 선 오토바이 운전자는 헬멧을 살짝 들었다가 내렸다. 그리고 갑자기 꺼내든 권총을 데이빗에게 겨눴다.

'저 새끼는… 아까 그 아가씨와 함께 있던 그놈…….'

헬멧 사이로 보인 얼굴은 피핌이라는 이름을 가진 여자와 함께 있던 남자였다.

'좆됐다! 하필이면 남자 친구 있는 여자를 건드리다니…….'

진태는 살고자 하는 본능적이 마음에 그대로 도망치기 시작했다. 그리고 들려오는 총성과 극악한 고통에 바닥을 굴러야 했다.

　'나를 왜… 나는 죄가… 없는데…….'

　모태솔로를 탈출해 보고자 태국까지 원정 갔던 진태는 꺼져가는 시야를 마지막으로 눈을 감아야 했다.

　'빌어먹을… 데이빗… 다시… 살고 싶은데…….'

　그 생각을 마지막으로 진태의 33년 모태솔로 인생은 막을 내리고 말았다. 그런 진태의 간절한 염원을 신은 어떤 식으로 들어줄지는 의문으로 남았다.

　"응애! 응애!"

　우렁찬 사내 아이의 울음 소리가 들리자 밖에서 서성이던 휘른 마을 최고의 사냥꾼이자 대장장이인 펜스는 급히 안으로 뛰어들어갔다.

　"어딜 들어오는 거야. 어서 나가지 못해!"

　산파를 맡은 옆집의 라이자가 외치는 소리에 펜스는 찔끔하며 걸음을 멈췄다.

　"저기… 라이자 아주머니, 우리 마누라는 괜찮은 겁니까?"

　"괜찮지 않으면. 산모와 아기 모두 튼튼하니까 염려 말고 어서 문 닫아!"

　"하하! 감사합니다. 감사…."

　펜스의 감사인사를 들으며 라이자는 눈앞의 요상한 갓태

어난 신생아를 쳐다보았다.

"거참… 갓 태어나면 눈도 안 보일 텐데… 나를 뚫어지게 쳐다보다니……."

엉덩이를 몇 번이나 때리고서야 울음을 토해낸 아기였다.

그런 아기를 사랑스럽게 바라보는 산모를 번갈아 보며 라이자는 정말 특이한 아기라는 생각을 가졌다.

'이게 도대체 무슨 시츄에이션이냐… 다시 살아보라더니… 이런 궁벽한 촌동네… 그것도 서양에서 태어나게 하다니.'

아기로 다시 태어난 진태는 죽음을 맞이하고 하늘로 솟구쳐 올라간 영혼이었을 때 들었던 목소리를 기억했다.

―다시 살아보아라. 너의 염원을 들어주겠다.

그 음성을 듣자마자 이상한 블랙홀 같은 곳으로 빨려들어갔었다. 그리고 다시 태어나는 지독한 고통을 겪은 후에야 눈을 뜰 수 있었다.

'하아… 이제 뭐를 해야 하는 거지? 설마 서양거지의 아들로 태어난 건가? 어떻게 전기도 없을 수가 있는 건지…….'

전생의 팍팍한 삶도 힘들었지만 지금 다시 태어난 새로운 삶은 전생보다 더 힘들 것 같은 불안한 생각에 휩싸였다.

"우리 아가! 맘마 먹으렴."

'읍! 이, 이건……'

모태솔로였던 전생에는 실물로 구경조차 하지 못했던 커다란 가슴이었다.

입에 들어 온 엄마의 신성한 부위에 당황했지만 배가 고팠는지 자신도 모르게 힘차게 모유를 폭풍 흡입했다.

"호호! 우리 아가가 배가 많이 고팠나보구나. 에구, 내 새끼!"

쭙! 쭙! 커억!

트림까지 스스로 해가며 젖을 먹은 진태는 이어서 몰려오는 졸음에 스르르 눈을 감았다.

"후웁! 하아아! 후웁……."

진태는, 아니 이제는 카라스라는 이름을 갖게 된 4살배기 아이는 잘 되지도 않는 가부좌를 틀고 단전호흡에 매달렸다.

'그래 소설 속에서 보면 이 단전호흡으로 소드마스터도 되고 대마법사도 되더라. 나라고 못할 쏘냐!'

이렇게 특별하게 환생한 것을 보면 신께서 지지리도 궁상을 떨며 살았던 전생에 대한 보상을 해주는 것이라 생각했다.

'내가 주인공이 되는 거야. 소설 속에 나오던 그 소드마스터 겸 대마법사겸 대정령사… 으하하! 마왕 나오라그래! 아니지, 광룡도 괜찮을 거야.'

미친 듯이 히죽거리며 웃는 아기를 보는 로린의 얼굴에 근심이 가득했다.

　"하아… 카라스, 왜 그렇게 있는 거지? 응? 나가서 뛰어놀아야 할 나이에 왜……."

　걱정이 이만저만이 아닌 엄마 로린의 걱정을 아는지 모르는지 카라스는 하이엘프를 마누라 삼고 드래곤을 때려잡으며 마왕을 무찌른 영웅이 되어 이 세상의 모든 부와 존경을 다 받는 상상에 빠진 채 단전호흡에만 열중했다. 그것이 카라스가 4살 때 일어난 일이었다.

　'빌어먹을! 완전 개사기라니까. 하긴 작가라는 놈들이 다 그렇지… 그건 순진하게 믿은 내가 바보였다니까.'

　7살이 된 카라스는 단전호흡으로는 마나를 쌓을 수 없다는 것을 깨달았다. 그리고 산골마을 사냥꾼의 아들로 태어난 덕분에 기사라는 것도 되지 못한다는 것도 알았다.

　'음… 이제는 어떻게든 살아남는 것을 생각해야 할 때인가? 에효… 내 복이 그럼 그렇지.'

　카라스는 이제부터 앞날을 개척해야 할 방법으로 무엇을 할까 고민했다. 그러나 전생에서 방구석에 처박혀 아무것도 하지 않았던 무능력자인 그가 할 수 있을 만한 것이 없었다.

　'무엇을 해야 그래도 잘 먹고 잘 살았다는 소리를 들을

까……'

고민을 거듭했을 때 그가 떠올린 것은 활이었다. 대한민국의 선조들이 만들어 놓은 그 위대한 유산인 편전이라면 제법 훌륭한 사냥꾼이라는 소리는 들을 것 같았다.

'그래, 바로 그거야!'

카라스는 작정을 하자 단전호흡을 하느라 집구석에만 처박혀 있던 생활을 청산하고 아비인 펜스가 하는 대장간으로 달려갔다.

땅! 따당! 땅!

규칙적으로 망치질을 하는 손길이 무척이나 정교하고 힘찼다. 그런데 특이한 것은 어른도 들기 어려운 망치를 이제 8살 정도 된 카라스가 들고 있는 거였다.

'흠… 단전호흡이 거짓말이기는 해도 마나가 몸에 쌓이도록 하는 것에는 도움이 되는군. 내가 이 망치를 들고 망치질을 하는 것을 보면 알 수 있는 일이지.'

힘차게 망치질을 하며 특유의 리듬까지 탔다. 그렇게 열심히 내려친 후에 간수에 긴 쇠막대를 밀어 넣었다.

치이이익!

뿌연 수증기가 올라오고 식어버린 쇠막대를 다시 화로에 밀어 넣어 달궜다. 그리고 화로에 바람이 들어가도록 풀무질을 한 후에 다시 두들기기 시작했다.

'가만… 이렇게 쇠로 만들면… 너무 어려운 것은 아닐까?'

생각해 보니 강철로 만들어진 철궁은 너무도 멍청한 짓이라는 생각이 들었다.

'뭔가 방법이 없을까?'

곰곰이 전생의 기억을 되짚어 보았다. 그러자 떠오르는 생각에 카라스는 망치질을 멈추고 무릎을 쳤다.

"그래! 바로 그거다!"

카라스는 영화 속에서 보았던 활의 모습을 떠올렸다. 위아래로 3개의 도르레를 연결하여 작은 힘으로도 멀리 쏘아냈던 그 활의 모습을 말이었다.

"흐흐! 람보가 별거냐! 나도 만들어서 쏠 거다. 그 활을! 크크크크!"

미친 듯이 웃음을 터뜨린 탓에 밖에서 일을 하던 로린이 안으로 들어왔다.

"아들! 무슨 일이 있는 거야? 좋은 일이면 엄마도 좀 알고 싶은데."

"응? 아… 새로운 활을 만들 거여요. 아주 대단한 활이 될 거니까 기대하세여. 아라쪄?"

애교가 섞인 아들의 대답에 로린은 활짝 웃을 수 있었다. 처음 태어난 이후 무려 7년 동안 방에만 처박혀 있던 아들이었다. 그런 아들이 대장장이 기술을 배우더니 스스로 뭔가를 만들어 낼 정도로 능력을 보여주었다. 그러니 그 어떤 어미가 기쁘지 않겠는가.

"호호! 알았다. 우리 아들이 얼마나 좋은 활을 만드는지 두고 봐야겠구나."

"히이… 기대하세여."

"아참! 휘튼 촌장님에게 글을 배우러 가는 것은 안 갈 생각이니?"

"아차! 엄마 다녀올께여!"

글의 중요성, 그리고 언어의 중요성은 전생의 마지막 순간에 뼈저리게 느꼈었다.

하여 특별히 휘튼 촌장의 부탁을 들어주고 대신 그에게 글자를 배우기로 했었다.

끼익!

힘을 별로 주지도 않았음에도 강철로 만든 철태궁이 끝까지 만작되었다.

'오! 된다, 돼!'

카라스는 철태궁에 대나무 화살을 걸고 멀리 떨어진 나무를 겨냥했다.

'맞아랏!'

피잉! 쎄에에에엑!

강한 바람을 뚫고 날아가는 대나무 화살이 유려한 곡선을 그리며 나무에 박혀들었다.

"에이…"

카라스는 자신이 맞추려고 한 나무의 옆에 있는 나무에 대나무 화살이 맞자 인상을 찌푸렸다.

'이건 해도 해도 너무하잖아. 어떻게 저기로 날아갈 수 있는 거지?'

볼을 긁적이는 카라스의 뒤로 아비인 펜스가 다가왔다.

"왜 잘 안 맞는게냐?"

"우웅… 옆에 있는 나무에 맞았어요."

"그래? 어디 보자."

펜스는 카라스가 만든 활과 화살을 살펴보았다.

"호오… 이게 정말 네가 만든 게냐?"

"그럼요. 내가 만들었어요."

"하하하! 정말 대단한 대장장이가 되겠는걸?"

펜스는 기특한 아들의 머리를 쓰다듬으며 왜 화살이 이상한 곳으로 날아갔는지에 대해서 이야기했다,

"잘 보렴. 화살이 휘어져 있지? 그리고 방향을 잡아주는 깃털도 없고."

"아… 그걸 생각하지 못했네요. 히히히!"

카라스는 아비인 펜스가 대나무 화살을 가지고 불을 쬐어 가며 곧게 펴는 것을 지켜보았다.

'후우… 역시 어설픈 지식을 가지고 있어봤자 실전을 뛰지 않으면 죽은 지식일 뿐이야.'

카라스는 아비가 다시 만들어 준 화살을 가지고 다시 철태 궁을 들었다.

"아빠! 나 저 나무 맞출 거야. 커다란 바위 앞에 있는 저 나무!"

"그래? 호오……."

족히 100미터는 떨어져 있는 나무를 맞추겠다는 말에 펜스는 그저 웃고 말았다.

자신이 쏘아야 간신히 맞출 수 있는 그런 나무를 맞추겠다고 하는 아들의 행동이 그저 귀엽게 느껴진 것이었다.

끼릭!

'반드시 맞추고 만다… 이래봬도 난 동이족의 후예라고!'

동쪽의 귀신같은 활솜씨를 지닌 오랑캐라는 뜻을 가진 동이족이라는 말은 카라스가 전생에서 무척이나 좋아하면서도 싫어하는 말이었다.

'뭐 같은 짱깨 새끼들이 감히 오랑캐라고 부르다니. 홍!'

그렇게 온갖 잡생각을 하다가 이내 뛰어난 집중력을 발휘하며 표적을 노려보았다.

'맞아라!'

피잉! 쎄에에에엑!

일반적인 장궁에서 날아가는 화살의 소리와는 비교가 불가능한 소리가 들렸다. 그리고 배는 더 빠른 속도를 가진 화살이 그대로 표적에 날아가 박혀버렸다.

"오오! 대단하구나, 우리 아들!"

"아싸!"

카라스는 표적을 맞춘 것을 보고 오른 주먹을 불끈 쥐며 어퍼컷 세레머니를 펼쳤다.

"아들아… 그게 무슨 행동인 게냐?"

표적을 맞춰서 기뻐하는 것은 알았지만 생전 처음 보는 행동을 하는 것이 신기한 펜스였다.

'아차! 이런 실수를……'

카라스는 얼른 기쁨으로 물들었던 표정을 바꾸며 능청스럽게 말했다.

"히이! 그냥 좋을 때하는 행동이에요. 그냥 그러려니 하세요. 히히히!"

"그러니? 하하하! 그나저나 우리 아들의 활솜씨가 무척 대단하구나. 다음에 사냥갈 때 아비를 따라가 보겠느냐?"

"사냥이요? 네! 좋아요! 히이!"

카라스는 사냥을 데리고 가겠다는 아비의 말에 반색을 하며 기뻐했다.

'사냥을 해야 비자금을 만들지… 그리고 어른이 되면 그 돈으로 예쁜 마누라를 얻어야지. 암… 이 세상에서도 모태솔 로로 살 수는 없지. 흐흐흐!'

카라스는 사냥가는 날을 손꼽아 기다렸다. 그때부터 진짜 이 세상에서 자신의 살아가는 순간이 될 것만 같은 기분이었 다.

'하아… 이번에는 뭘까?'

6살이나 어린 동생인 월레스는 온전히 자신의 몫이었다. 기저귀를 가는 일부터 돌보는 일까지 해야 했으니 그 육아 스 트레스가 상당했다.

"응애! 응애! 응애!"

울음소리가 월레스와는 약간 달랐다. 작고 귀엽다고 해야 할 울음소리에 카라스는 감고 있던 눈을 번쩍 떴다.

끼이익!

문이 열리고 옆집의 라이자 아주머니가 나오면 말했다.

"호호호! 딸이란다, 카라스!"

"정말요? 어디 봐요!"

카라스는 여동생이라는 말에 정말 기뻤다. 시커먼 남자들 틈에서 살아야 했던 전생과 지금의 삶을 통틀어서 여동생은 처음인 탓이었다.

'하하! 여동생이면 내가 최선을 다해서 예뻐해 줘야지. 동생바보 소리를 듣는 한이 있더라도 말이지.'

작고 귀여운 아기가 강보에 쌓인 채 누워 있었다. 아직은 쭈글쭈글한 피부와 꼭 원숭이처럼 보여야 할 것이지만 카라스의 눈에는 그 누구보다 사랑스럽고 귀여운 아기였다.

'헤에… 여동생아… 많이 예뻐해 주마!'

그렇게 카라스의 13살이 지나가고 있었다. 새로운 식구인 여동생의 탄생과 함께.

『엘 카라스』 3권에 계속…

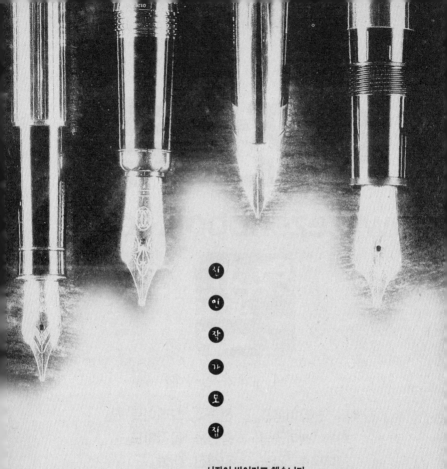

용병귀환

유왕 판타지 장편 소설

**수십 년 전, 용병왕의 등장으로 생겨난
왕국과 용병의 세계.
평소엔 한없이 가볍지만 화나면 누구보다 무서운,
놀고먹고 싶은 그가 돌아왔다!**

하지만 바람과는 달리 과거 그의 앙숙과 대륙의 판도는
도저히 그를 놓아주질 않는데……

"용병은 그냥, 돈 받고 칼을 빌려주는 놈들이니까."

그의 용병 철학은 단순했다.

"물론, 누구에게 빌려주느냐가 문제겠지?"

Book Publishing CHUNGEORAM

유행이 아닌 자유추구—
WWW.chungeoram.com

도시의 주인

말리브 장편 소설
FUSION FANTASTIC STORY

말리브 작가의 신작 현대 판타지!

죽기 위해 오른 히말라야.
그러나, 죽음의 끝에 기연을 만나다!

『도시의 주인』

다시 한 번 주어진 운명.
이제까지의 과거는 없다!

소중한 이를 위해! 정의를 외친다!

Book Publishing CHUNGEORAM